講談社文庫

オメガ　対中工作

濱 嘉之

講談社

オメガ　対中工作／目次

プロローグ 11
第一章 武器の不正輸出 31
第二章 闇銀行 61
第三章 アフリカの現実 103
第四章 中国外交部長夫人 129

第五章　情報戦　181
第六章　工作　211
第七章　罠　257
エピローグ　312

警察庁の階級と職名

階　級	職　名
階級なし	警察庁長官
警視監	警察庁次長、官房長、局長、審議官
警視長	課長、各局企画課長
警視正	理事官
警視	課長補佐

警視庁の階級と職名

階　級	内部ランク	職　名
警視総監		警視総監
警視監		副総監、本部部長
警視長		参事官
警視正		本部課長、署長
警視	所属長級	本部課長、署長、本部理事官
	管理官級	副署長、本部管理官、署課長
警部	管理職	署課長
	一般	本部係長、署課長代理
警部補	5級職	本部主任、署上席係長
	4級職	本部主任、署係長
巡査部長		署主任
巡査長※		
巡査		

※巡査長は警察法に定められた正式な階級ではなく、職歴6年以上で勤務成績が優良なもの、または巡査部長試験に合格したが定員オーバーにより昇格できない場合に充てられる。

◉主要登場人物

榊　冴子…………警察庁長官官房課報課　捜査官
土田正隆…………警察庁長官官房課報課　捜査官
岡林　剛…………警察庁長官官房課報課　捜査官

押小路尚昌………警察庁長官官房課報課　課長
水原正一郎………警察庁長官官房課報課　北京支局長
篠宮浩二…………警察庁長官官房課報課　アジア主幹

大里靖春…………警察庁長官官房課報課　捜査官
津村哲徳…………警察庁長官官房課報課　捜査官

楊　鈴玉…………張外交部長夫人

ワレンスキー……大手化学メーカーのオーナー

オメガ　対中工作

プロローグ

　太陽が下半分を水平線に隠そうとしている。

　榊冴子《さかきさえこ》は手元のレポートから顔を上げて、海面に伸びるオレンジロードを眺めた。視線の先に広がる大西洋は静寂そのもので、ほとんど波がない。たっぷり水分を含んだ空気は生暖いが、日が完全に沈んでしまえば、あたりは不思議と乾燥してくる。

　薄暗くなってくると、褐色の肌をしたウェイターがテーブルごとに小さなランタンを配り始めた。どこからともなく聞こえてくるアフリカンドラムのリズムに合わせて、テーブルのグラスが小刻みに震えている。カサブランカという美しい港町に建つ最高クラスのホテルで味わうシャルドネ、パスキエー・デヴィーニュの二〇〇七年は、気分を落ち着かせるには丁度いい。やや酸味が強いが、舌にはほんのりと優しい甘さを残してくれるからだ。冴子はゆっくりと息を吐き出して、目を閉じた。まぶたの裏に様々な映像が浮かんでは消えていく。

深圳《シエンチエン》での仕事を終えたのち、羽を伸ばすために南アフリカへ飛び立ったのは数ヵ月前だ。冴子はヨハネスブルグに着くと、さっそく念願のブルートレインに乗り、車窓越しにサバンナを走るキリンや、シマウマ、豊かな鬣《たてがみ》をしたライオンの姿を眺めた。乗務員によれば、オスのライオンにはいつでも出逢えるわけではないようだから、なかなかツイていたらしい。気を良くして列車内でシャンパンを飲み続けたせいか、実はそれからの記憶がはっきりしないのだ。さすがに課報課という部署に所属する警察官としては不注意だったと反省しなければならなかったが、心と体を芯から休めることができた。

中国のアフリカ進出を阻止せよ――耳の奥で諜報課長・押小路《おしこうじ》の声が響く。完全なるオフだったのは列車旅行を経てから三週間足らずで、最近は東京本社からの連絡が入ることもあれば、ホテルルームに膨大な資料が届くこともあった。その資料のほとんどは英語で、アフリカにおける中国の進出状況に関するものだ。

冴子はのんびりと過ごしたヨハネスブルグを後にすると、エチオピアに入った。そこで数人の日系企業の営業担当と面談をすると、ガーナ、アンゴラ、ナイジェリアを経て、しばしの休息を取るために、ここモロッコのカサブランカへ来たのだ。次に向かうのは、紛争が絶えないコンゴの奥深くに広がる森林地帯の予定だった。

アフリカを知るには、何よりもまず自分の目で見、肌で感じることが大切だと思う。そんな信条を持つ冴子はしばしば、アフリカの現状と題されたレポートを読みながら違和感を覚えていた。日本の警察庁が持つアフリカに関する情報のほとんどは、外務省から入ってきたものだったが、外務省の情報といえども鵜呑みにできるわけではない。外交官が入手する情報は、表面的な事象をなぞったものでしかないことが多く、偏見に歪《ゆが》められていることも少なくなかった。誤った情報がまかり通っている現状に不満を覚える冴子は、自分がこのアフリカという大地に惹《ひ》かれ始めていることに気づいていた。

＊

コンゴ民主共和国西部、コンゴ川流域には鬱蒼とした森林地帯が広がっている。

「ここの熱帯雨林はアマゾンに次いで広いんですよ」

キャビンアテンダントの説明に頷くと、冴子は眼下に広がる壮大な森に見入った。小さく滑走路も見えてきた。

飛行機はゴーマ空港に降り立った。冷え冷えとした機内から外に出ると、あまりの気温差のために軽いめまいに襲われる。冴子はグループの一員として空港からヘリをチャーターし、カニャバヨンガ周辺の山あいにある人口千五百人ほどの村に向かった。

村は密林の中に突如出現した。ヘリで低空飛行していても、あらかじめ場所を把握していなければ見過ごすような空き地さながらの小さな村だ。

「あそこが今回の目的地です」

チームリーダーのジョーゼフ・ブラウン医師が説明してくれた。冴子は、先日訪れたエチオピアの日系企業の担当者より、同地を訪れるという民間医師団「聖ヨハネ医療救済チーム」の存在を知らされた。彼らは、発展途上国において医療活動を行いながら、キリスト教の布教に精を出す団体だ。人道的支援というのは決して名目でなく、その活動地域は危険地区と言われる戦闘地域も含んでおり、これまで多くの負傷者を救護した実績がある。

ヘリを降りた。ねっとりとした強烈な木々の匂いにむせ返り、耐えがたい湿度のせいで胃の中のものがせり上がってきそうだ。午前十時というのに、気温はすでに三十八度を超えていた。冴子はブラウン医師に教えられていた通り、濡れタオルを口に当てて大きく息を吸う。ここの空気をまともに吸っては、すぐさま倒れ込んでしまうだろう。

「大丈夫ですか？　私も初めてここへ来たときは、立ちくらみを覚えたものです」

ブラウン医師が日焼けして真っ赤になった顔を冴子に向ける。

「ありがとうございます。聞いてはいましたが、これほど過酷な環境とは」

ヘリの着陸地点にあるレンガ建ての小屋から、赤十字マークをつけたジープに乗り換える。車の手入れは行き届いており、予備のディーゼルオイルも大型ドラム缶に五本準備されていた。

「この地域は反政府武装勢力の根城ですから、自分の身は自分で守る覚悟が必要です」

ブラウン医師は、念を押すように言ってから隣に座る冴子の目を見て頷いた。

「ご迷惑はかけないようにします」

冴子はジープの後部座席の窓から、肩に銃をかけた政府軍の兵士が、数キロおきに路上に立っている光景を眺めていた。バッグの底には自前の拳銃を忍ばせている。弾丸も二百発、プラスチック爆弾四キロと雷管二十本も準備していた。

通過した幾つかの山あいの農村は、焦げたような匂いが漂っていた。途中の村で、顔をしかめたブラウン医師が車を止めるように指示を出す。

「けが人の様子を見てみましょう」車から降り、呆然と立ちすくむ村人に声を掛けた。「襲撃か？」

「そうだ。この村は先月中旬にも二百軒が焼かれ、二十五人が死んだ」

小柄な青年が痩せた肩を落として言った。片言の英語なら話せるようだ。

「誰に、なぜ襲われたんですか」

ブラウン医師に目配せし、冴子が訊ねた。

「今回は反政府軍の連中だ。襲撃の目的は略奪だよ。武装を強化して政府軍に圧力をかける狙いだ」

「今回は
というと、政府軍も同じようなことをすると？」

「ああ、政府軍も我々を略奪の標的にしてきた。奴らは物や食料ではなく、女、子供を狙ってくるんだ」

どちらの武装勢力も村人にとっては敵なのだ。

「政府軍までそんなことを」

「奴らは酷いよ。ＨＩＶに感染した兵士たちが組織的なレイプを行うんだ。レイプされた少女や女性たちは死の宣告を受けたも同然だから、生きる希望をなくしてしまう」

村の青年は悲しみに満ちた目を冴子に向けた。

「許せない。ドクター、襲撃を行っている政府軍の連中の拠点はどこにあるんでしょう」

ブラウン医師が青年から話を聞き、地図に印をつけた。

「どうやら我々が向かう村のすぐそばに拠点を構えているらしい」

「彼らはどんな姿をしているの」

「襲撃の様子を撮ったビデオがあったけれど、村で唯一の再生機械が壊されて見られない」

青年はそう言うと、建物に帰りＨＤＤ記録式のビデオを持って戻ってきた。

「イギリスのテレビ局が、この村に取材とやらでやってきた時の置き土産だったんだ」

冴子は村人の了承を得て、荷物の中から精密工具セットを取り出すと、ビデオ本体からＨＤＤを取り出し、ＵＳＢにつなぐ配線を取り付けると、タブレット型コンピューターにＵＳＢを差し込んだ。ＨＤＤには数多くの記録が残っていた。冴子は一番新しい記録を選んで再生した。

「これね」

そこには泣き叫びながら逃げる若い女性に襲いかかろうとする兵士の姿が映っていた。

「こんな事が許されるのか」

ブラウン医師も言葉を失うほど凄惨な現場だった。

冴子はこのＨＤＤ記録をタブレット型コンピューターにダウンロードし、青年に礼を言ってからブラウン医師に聞いた。

「この卑劣な政府軍の拠点の近くをこれから通るわけですが、奴らは私たちのような民間医師団も襲撃の対象にするのでしょうか」

「サエコ、ジャーナリストのあなただから伝えますが、アフリカ中部の紛争地帯で命を落とした医者は数知れない。信じがたいことですが、先ほどのビデオの中の女性たちのように、集団レイプされた女性医師や看護師もいるんです」

ブラウン医師は小さく首を振ると天を仰ぎ、胸の前で十字を切った。冴子はあらかじめスイス国籍のパスポートと偽造した名刺を示し、スイスの政治ジャーナルの記者として民間医師団に同行取材する形をとっていた。

「ドクターたちは武器を持っているのですか」

「最低限度の装備はしています。あくまでも正当防衛、緊急避難のためです」

ブラウン医師が指示を出すと、医師団はそこで最低限の治療を施して、その村を離れ、目的の村に向かった。

「この辺りのＨＩＶ感染率はどのくらいでしょうか」

ジープに揺られながら冴子は尋ねた。体中から汗が吹き出している。顔のまわりを小さな虫が飛び回っているが、冴子は振り払おうとしなかった。

「推計ですが、コンゴ西部でのＨＩＶ感染率は人口の一五パーセントと言われていますね。レイプの犠牲者の四分の一以上がＨＩＶ陽性反応を示すとも。なぜこれほど感染率が高いかといえば、エイズが流行しているブルンジ、ルワンダ、ジンバブエから兵士が流入していることや、保健ケアが全く行われていないことに加え、感染の拡大を防止するための知識が圧倒的に不足しているからなんです。彼らは非科学的な妙な話を信じているんですよ」

「妙な話といいますと」

「エイズは処女と交われば治るってね」

それはここコンゴだけでなく、南アフリカのヨハネスブルグやケープタウンのスラムでもよく耳にした話だった。単なる逃げ口上として嘯《うそぶ》かれているだけとも思えたが、噂を越えて広まっている現実を考えると、同時代の人間として愕然とするほかない。

「許せませんね」

冴子は思わず右手の拳《こぶし》を強く握りしめていた。

そこから約二時間で目的の村に着いた。そこは周辺の山間部に点在するいくつかの村のなかで最も整備され、電気も通っているようだ。医療施設も雨漏りしない程度の木造ながら、簡単な医薬品が揃い、診察台も置かれていた。

「ここは世界中の医療関係者からの寄付によってできた設備なんです。簡単な手術もでき、自家発電機能もあるんですよ」

ブラウン医師は、地下に保管されていた数多くの医薬品や治療道具を取り出した。注射器と輸液バッグはすべて日本製である。

「医療機器はメイドインジャパンが一番優れていますね。不良品というものに出会ったことがない」

冴子はブラウン医師が何の気なしに言った言葉に勇気づけられるような気がした。

翌朝から治療が始まった。開院の目印である赤十字の旗が掲げられると、村の老若男女が次々に医療施設を訪ねて来る。中には彼らにとって極めて貴重な農産物を持参してくる者もいた。

「過去にここで命を救ってもらったお礼だ、って」

それを聞いたブラウン医師が顔を綻《ほころ》ばせ、冴子も胸が熱くなった。

「とても立派なトウモロコシとポテトですね」

冴子はテーブルに置かれたジャガイモをいくつか手に取って重さを比べてみたが、どれもずっしりと重く、思わず目を丸くした。ブラウン医師は冴子の顔を見て笑い、

「これだけの作物が育つのも、日本のＮＧＯが農業指導に来てくれたおかげなんです。世界の富める者が少しでもこういう努力をしてくれれば、助かる命はたくさんあるんですよ」

と言って肩をすくめた。

日本の農業支援は井戸掘りに始まり水の浄化、灌漑《かんがい》工事を経て、耕作指導に入る

ため、アフリカの多くの地域で歓迎されているという。

「国際的には、その活躍ぶりがあまり目立たない日本だけれど、こういうところで優れた技術を活かしているんですね」

スイスのジャーナリスト然として冴子は言った。

「あの国は、アピール下手なんでしょうね。人知れず善を為すことが美徳だと聞いたことがありますが、それでは世界の人々にとっては何も起きていないことと同じです。本当に困った人々を助けているのだから、その行為が素晴らしいことは間違いない。ですが国を跨《また》いだ援助というのは、どうしたって国際政治が絡みます。日本人が小さな村で井戸掘りをしているときに、中国人は人目につく場所に金を投下し、成果を大々的にアピールするためのモニュメントの建設まで忘れないんですよ。世界は両国をどう見るか」

冴子は苦いものがこみ上げてくるのを感じた。日本のODAの現実を言い当てられたような気がしたからだ。

それから三日間、周辺の村からも負傷した村人たちが次々に医療施設を訪れ、スタッフは不眠不休の治療を行った。冴子も自ら炊事の手伝いを志願し、目まぐるしく動きまわった。

銃声と悲鳴、何かがパチパチと焼ける音で冴子が目を覚ましたのは四日目の明け方だった。

「略奪だ！」

ベテランの医療スタッフによれば、近くに拠点を構える政府軍の仕業にちがいないということだ。

冴子はバッグの底から拳銃「P二〇〇〇」と二個の予備弾倉を取り出した。弾薬は九ミリパラベラム弾が十六発装填《そうてん》されている。冴子は、四十八発の弾丸を弾倉の交換時間を含めて、六十秒以内にすべて発射できるだけのテクニックをもっていた。女性としては相当の腕前のはずだ。

まもなく、武装した三人の男が医療施設に侵入し、銃を構えた。

「ここは医療施設だ。すぐに出て行け！」

スタッフが怒鳴った途端、兵士の一人が威嚇射撃を行い、ＨＩＶ対処薬を出すように要求してきた。スタッフが拒否するや、兵士は拳銃をスタッフの顔に向け引き金を絞ろうとする。

「待って」

冴子の姿を見た兵士たちは顔を見合わせて薄ら笑いを浮かべた。

スタッフに銃を向けていた兵士が冴子の方へ体の向きを変えた瞬間、冴子の手の中のP二〇〇〇が火を噴いた。それから数秒の間に、三人の兵士は眉間を撃ちぬかれその場に倒れ込んだ。

兵士たちが所持していた拳銃は二一三式拳銃に間違いなかった。スライドの指掛け溝が傾斜している特徴的な形のため、ひと目で分かる。一体、彼らはこの拳銃をどうやって手に入れたのだろうか。予備弾も三十発ずつ持っていた。

「私のために予備弾をありがとう」

二一三式拳銃の弾丸は、冴子の持つP二〇〇〇と同じ九ミリパラベラム弾なのだ。世界に出回る拳銃の知識は、諜報課の座学でさんざん叩き込まれていた。

さらに一人の兵士が肩からさげていた、ロシア製のライフル「AK－七四」を手に取る。カラシニコフと呼ばれるそのライフルの仕様を確認してみると、弾倉の研磨の粗さやビスの歪みから純正でないのは明らかだ。この作りの甘さは、ライセンス製品のレベルにも達していないから、ブラックマーケットで取引されるコピー品に間違いない。かつてタリバンがアフガニスタンで使用していたカラシニコフ銃の多くは、中国製の粗悪なコピー品だったことが知られているが、手にした「AK－

七四」の形状はそれと酷似していた。

「政府軍は中国と取引しているのね」

世界中に約一億丁あると推定されるカラシニコフ銃のおよそ半分は、正規のルートを通らないで取引される模造品とされる。カラシニコフ銃は、多くの紛争地やテロリスト集団に使われ、「史上最悪の大量殺害兵器」、「世界で最も多くの人を殺した銃器」とも言われているが、これだけコピー品が出回った武器も珍しい。

アフリカには自前で武器を製造する国家はないと考えてよい。この大陸のいくつもの戦闘地域で使われている武器は、すべて他国から輸入されたものなのだ。アフリカの地に武器を供給し、金を稼ぐ死の商人たちのせいで、銃声は鳴りやむ気配はない。

「ドクター・ブラウン、ここの村人は武器を持っていないのでしょうか」

「かつて内戦に担ぎ出された何人かの者は武器を隠し持っているかもしれませんが……」

「政府軍は百人近くいるようです。このままでは、死者がたくさん出ます」

冴子は怒気を含んだ声で言った。冴子が敵の拳銃を丹念にチェックする姿を見たブラウン医師はすでに、冴子がただのジャーナリストでないことに感づいているだろう。

「しかし、村人には応戦する手立てがない。武器もないのにどうやって」

「それなら奴らの武器を使えばいいんですよ。犠牲を最小限に食い止めなければ」

冴子は若い医療スタッフに声をかけ、兵士の遺体を医療施設の外に移すよう指示を出した。医療施設を破壊させるわけにはいかない。

「私は裏から穀物倉庫に移って応戦するから、けが人を救出するふりをして、武器を使える村人を十人くらい集めてください」

ブラウン医師が頷いたのを見て、冴子はＡＫ－七四をかつぎ、予備弾を手にすると裏口から飛び出した。

医療施設から数十メートルほど離れた穀物倉庫に身をひそめて状況を確認すると、政府軍の人間は三人一組で動いていることがわかった。片っ端から小屋に入っては女、子供を探し、抵抗する男たちを容赦なく射殺するという惨《むご》いやり方だ。

冴子は慎重に狙いを定めて引き金を引いた。最初の弾倉が三十秒ほどで空になったが、兵士たちはどこから撃たれているのか全く気づいていない。弾倉を交換して再び空になるまで撃ち尽くす。すでに数十人の武装した男を倒しただろう。

そこへ五人の村人が医師に連れられて穀物倉庫にやってきた。手には敵から奪ったAK－七四がある。

「私が家から兵士をおびき出すから、あなたたちはそこを狙って欲しいの」

冴子は穀物倉庫を飛び出した。

政府軍の兵士たちもようやく腕の良い狙撃者《スナイパー》がこの村にいることに気づき、略奪をやめて戦闘態勢に入った様子だったが、狙撃者の位置がわからず、次第に怯えてひとかたまりになっていく。政府軍の兵士といえども、所詮は本格的な訓練を受けたこともない烏合《うごう》の衆に過ぎないのだ。

冴子は数少ないコンクリートブロックでできた建物とレンガ製の井戸など、身を隠す場所を確認してから、AK－七四の狙いを定めて引き金を引いた。正確なリズムを刻みながら自動小銃が火を噴き、強烈な振動が肩越しに伝わってくる。

「向こうだ！」

兵士のひとりが冴子の居場所を指さすと、敵も一斉に発砲を始めた。コンクリートブロックがたちまち砕け散る。冴子はシミュレートしたとおり、井戸の陰に移動して撃ち続けた。すでに襲撃者は半数近くに減っているようだ。冴子も狭い壕をつたい、転進しては遮蔽物に隠れて射撃を繰り返した。

「あいつだ。ビデオに映っていた」

ブラウン医師が示した指の先を見ると、この政府軍のリーダーと目される人物が、前の村で見たビデオに映っていた男であることを思い出した。冴子は再びP二〇〇〇に持ち替え、拳銃の射撃訓練のつもりで気持ちを落ち着かせると照準をリーダーらしき男の眉間に合わせ、ゆっくりと引き金を引いた。パン、と短く乾いた音が響いた途端、男の後頭部から血しぶきが飛んだ。続いて、村人たちが穀物倉庫から一斉掃射を仕掛ける。

残された政府軍の男たちは散り散りになって逃げ始めた。

八人の村人が犠牲となった。レイプの被害を受けた女性がいなかったのは、不幸中の幸いである。亡くなった者の家族に慰めの言葉をかけながらも、涙を流しながら互いの無事を喜ぶ若い女たちの姿が目に焼き付く。

「報復が怖い」

誰かが苦しそうに声をあげると、それまで歓喜に沸いていた村が急に静まり返った。

冴子は目を伏せた。自分には戻る場所があるが、この近辺に住む者たちは他に身を寄せる場所があるわけではない。我ながら見事な防戦だったと高揚していた気持ちが一気にしぼんでいく。助けを求めるようにブラウン医師の瞳を見ると、彼も悲しそうに首を横に振った。

あの村にいま最も必要なのは、自衛組織だろうか。それとも、農作物を作って売る術だろうか——空港へ戻るジープの中で、冴子は無力感に苛《さいな》まれていた。

第一章　武器の不正輸出

西日を遮《さえぎ》るため、押小路がブラインドの紐《ひも》を手繰《たぐ》りながら首だけをこちらに向けた。

「榊、すっかり日焼けしたな。アフリカを回った感想はどうだ」

冴子は上司で警察庁諜報課課長の押小路に帰庁報告を行うため、課長室を訪れていた。

警察庁諜報課、通称「オメガ」は日本国初の国際諜報組織である。警察庁長官官房が直轄する一部署ながら、組織の全貌を知る者は警察庁でもトップに近い一握りだ。国益を守るために対外諜報活動に勤《いそ》しむ、いわば日の丸を背負ったスパイ集団を束ねているのが押小路尚昌《なおまさ》だ。

「ヨハネスブルグやナイジェリアのラゴスのように、想像以上に発展を遂げた街もありましたが、ほとんどの光景は繁栄という言葉からは程遠い印象でした」

ソファーに腰をうずめると、押小路はゆっくりと頷いた。コンゴで受けた襲撃については、冴子は直ちに警察庁へレポートを送信していたため、押小路も先刻承知と言いたいところだろう。

「政治は腐敗し、治安は乱れ放題か。アフリカにおける中国勢力の浸透度というのはどのぐらいと考える？」

冴子は中国製の武器がアフリカに大量に出回っている現状を憂い、報告書でも重点を置いてレポートしていた。主にロシアで作られた純正の武器が、中国で不正にコピーされ、アフリカにもたらされて人々の命を奪っているのである。

「中国はアフリカで何を企んでいるのでしょうか」

冴子は逆に押小路へ質問を投げかけたが、コンゴでの銃撃戦の記憶がよみがえったため目を閉じる。

「土地と資源を狙っているんだろうな」

「課長、資源は分かりますが、土地というと」

「中国の人民を養うだけの農業用地は、あの広大な中国といえどもほとんど残されていない」

「しかし、自国の大地で自国民を養えないのは、アフリカも同じではないですか。

アフリカは面積こそ広いですが、農業用地として活用されている大地はまだまだ少ないです。日本のODAや青年海外協力隊が何年も前から支援を行っていますが、一向に農地が広がる気配がありません」

アフリカをめぐる日本の政策は、ずっと空回りしているのではないか。冴子は誰に向けたらよいのか分からない憤りを覚えていた。

「アフリカ各国の為政者に共通する欠点は、人を育てるという発想に乏しいことだと思わないか。農作物の種を蒔《ま》くことができても、進歩することに対する意欲、これを植え付けるのは難しい」

「それを国民性の違いという理由で片づけたくはありません」

人道支援とは結局、誰のためのものなのだろう。

「国民性というより、終わりの見えない民族闘争こそが、アフリカの発展を阻害している一番の要因だと思うがね。アフリカの実力者に、もし国のトップに立ったら何がしたいかと問えば、敵対する部族を滅ぼしたいと答えるんじゃないか」

押小路の乾いた笑い声を聞きながら、それではいつまでたっても内戦は終わらないと冴子は思う。南アフリカに現れたマンデラのような英雄が出てこない限り、アフリカの改革は難しいだろう。しかしマンデラでさえも、白人が黒人を労働力として踏み台にした旧社会に頼らずに、革命を成し遂げられたかどうかは分からない。今のアフリカにある多くの国家には、忌むべき「旧社会」すらないのだ。

冴子は口を開いた。

「マンデラはなぜ成功することができたのでしょう。アパルトヘイトは最悪の政策でしたが、イギリスが築いた社会なくして、マンデラを語ることはできないと思います」

「そこでイギリスが政治から手を引き、マンデラが表舞台から降りて亡くなった途端に、南アフリカ社会に乱れが出ている。つまり、マンデラでさえ後継者を育てることができなかったんだ」押小路は続ける。「教育を受けたリーダーがなかなか育たないのは憂うべきことだね」

強いリーダーこそ求められているのか。

「アフリカは新たな指導者が現れるまでは変われない、ということですか」

「僕はそう思う。しかし今、北アフリカを中心に原理主義的なイスラム勢力が台頭してきている。彼らの多くは女性に対する教育を否定しているが、それではますます文明の進歩は遅れることになってしまう」

「どうしてそんな宗教が広まるのですか」

世界の流れに反するような思想を持った宗教がなぜ受け入れられるのか、冴子には分からなかった。

「北アフリカは鉱物資源にめぐまれ、とくに石油の産出地としては世界有数だ。資源で豊かさを得た権力者は、社会を整備し、産業を自ら起こそうという発想が弱い。汗水垂らして働かなくても金が入るわけだからな。しかし、それが二代、三代と続くとその国家は他に遅れをとっていくのだが、そういう権力者たちは、自分たちが生まれながらに神に選ばれた民であるという、選民思想に浸っているのが心地よいんだろう。時代にとり残されているとしてもだ。なかなか革新的なアイデアが生まれる土壌がない」

押小路は若い学生に講義するように、淡々と持論を展開してくる。

「宗教を信じる人は、たとえ宗教家でなくとも布教活動を行うことによって自身が救われると思っている。だから、時として手段を選ばず、という事態が引き起こされる」

視察を続けるなかで、人間として最低限守るべきルールすらアフリカの地では無効であるという現実に直面し、冴子は少なからずショックを受けていた。

「アフリカでは、子供を労働力として売買することで資金調達する宗教団体まであります」

「売る方も売る方だが、買い手がいることが悲劇だね」

「……やはりアフリカが悪の巣窟になるのを黙って見てはいられないんです。手つかずの自然や純朴な人々をことさら美化するわけではありませんが、やはりアフリカは地球に残された可能性のひとつだと私は思います」

押小路はふっと目尻を緩めて冴子を見つめた。

「そう、あの地は地球最後の楽園であり、可能性の地だよ。人類が誕生し、最古の文明が生まれた土地だ。あの広大な土地が悪に染まったら、世界に及ぼす影響も甚大だと思う。そして、これは大事なことだが」押小路は一息つき、今度は目に力をこめた。「これは対岸の火事ではないんだ、榊」

「はい」冴子もまっすぐ押小路の目を見返した。「アフリカに武器や麻薬を売って儲けようとする、中国の悪の勢力を弱体化させたいと思います。中国マフィアがアフリカで作ったダークマネーが、日本に流入することは何としても避けたいですから」

だからこそ、日本国警察庁の諜報組織に出番が回ってくるというものである。

＊

「土田《つちだ》さん、中国製武器の流通ルートの確認はできたの」

冴子が慕うノンキャリのエキスパートである土田正隆《まさたか》は、ネットワークや電子機器に強いオメガの諜報員である。土田は椅子の上で小柄な体を揺らしながらキーボードを操作し、モニターにデータを表示させた。

「俺はロシアの世界武器貿易分析センターで、中国製武器の輸出状況を確認するところから始めたんだ」

「世界の武器の流通状況を分析するための専門部門をもつなんて、ロシアも世界の警察になりたいのかしら」

「いや、ロシアの武器が売れなくなったから、その調査を始めたっていうのが本音だろう。そこでわかったのは、中国製武器は現在、年間で二千億円近く輸出されている。買い手の半分以上はアジア太平洋地域で、そのうち四分の三がパキスタンと突出している」

「パキスタンはインドを意識しているのね」

「おそらくそうだろう。その次の輸出先は中東、そしてアフリカ大陸だ」

「アフリカの最大の輸入国はどこなの」

「ナイジェリアだな」

「悩ましいわね」

貧困にあえぐアフリカの民が聞いたら憤りを覚えるに違いない。

「ソ連崩壊とともに、ソ連製の銃器が中国へ売り渡された。そこから中国の武器は進化を遂げ始めたんだ。昔は比較的低価格が売りだったソ連製兵器がアフリカ諸国で大きなシェアを握っていたけれど、最近はより安価な中国製武器に押され気味ってことだ」

「さらに、アフリカの権力者たちは財力をつけ、戦闘機や戦車、小型ミサイルなどを中国から購入しているのね」冴子は記憶を手繰り寄せながら頷いた。「確かにアフリカでは中国製の戦車をよく見たわ」

「中国は以前はロシアからたくさんの兵器を輸入していたけれど、ここ十年の輸入量はめっきり減った。購入した少量の兵器を解析してコピーを作ることを覚えちゃったんだね」

土田は舌を出した。

「ロシアは怒らないの？」

「怒り狂った」可笑《おか》しそうに肩をゆすりながら土田は続ける。「膨大な開発費用が一切かかっていない中国製武器は、とにかく安い。中でも『殲撃一一』という中国製戦闘機は、ロシアの『スホーイ二七』の完全なるコピー品だったんだ」

「違うのは名前だけね」

冴子も思わず笑い出した。

「ロシアは即座に報復として、新規の艦載機の輸出を全面的にストップしたそうだ。中国が新型空母を建造しているのを知っていたからな」

「中国には艦載機を作る技術がまだないということね」

「そう。自分たちも自国の製品を信用していないんだ」

「呆れた。でも、国連の常任理事国の中ではロシアと中国が共同歩調をとっているのはなぜ」

「所詮ロシアもまだ民主主義国家になりきれていないということだ。一般国民のあらゆるレベルが、他の先進諸国とは大きく開いているからな。ロシアと中国の間には、社会主義を推し進めた国家同士の同胞意識が根強く残っているんだろう」

土田の社会分析は面白かった。警視庁公安部出身者らしく、徹底した反共思想が思考の根底にある。土田の共産主義に対する理論武装は政治、経済、教育のあらゆる分野で徹底していた。

「土田さんにとって、共産主義って何ですか」

冴子は土田の議論をもう少し聞いてみたくなった。

「滑稽なお山の大将ごっこだな。国民を豊かにするという本来の理想を完全に打ち捨てている」

「中国という国が滑稽なの？」

「そりゃそうだろう。国民の九割以上の非共産党員は貧しい生活をしていて、日本に出稼ぎに来る男は泥棒ときている」

「そうじゃない人もいるわ」

「いいや、一度も会ったことはないね」

土田は顎を上げて冴子を見上げた。その目に笑みはなかった。

「ちゃんと日本の一流企業に入っている人もいるわよ」

「日本の技術を盗むために来ているだけじゃないか。じゃあ、わが子が中国企業へ就職して大喜びする日本人の親がいると思うか。普通の親なら反対するだろう。あれほどモラルの低い中国から学ぶものなど今の日本には何一つない。食べ物の偽装を繰り返すような国が、やれ歴史認識だ、領土問題だと言ったところで、何を信じろというんだ」

「韓国は」

「中国と同じ穴の狢《むじな》だ」

土田にこれ以上ヒートアップされては、本題に入りにくくなる。冴子はわざとらしく咳払いした。

「中国製兵器の流出状況に話を戻していいかしら」

「オーケー」我に返ったように土田は視線をモニターに戻した。「現在、パキスタンの軍備は世界六位。アメリカとの同盟関係を維持しながらインドに対抗しているんだ。近年は、インドという共通の敵をもつ中国との関係が緊密化している」

「なるほど。要注意ね」

「パキスタンで流通する銃は、中国で生産されたAK－七四シリーズが多いな。戦車の多くは中国製で、最新鋭の九九式戦車が主力になっている」

「パキスタンからアフリカへ流れている武器も多そうね」

「サハラ南方には中国製武器が溢れている。ウガンダの人民防衛軍の兵士たちが訓練施設で使っている銃は全て中国製だった。武器の性能は悪く危険な不良品も多いが、それはコピー製品だからだろう」

安価に取引される武器は充分に整備されていないため、しばしば暴発するという。

「私が見てきた限りでも、中国から流入した武器はコンゴからコートジボワール、ソマリアとスーダンにまで広まっていた」

「だろうな。スーダンと中国の貿易で金額が突出しているのは、武器だ」

そう言うと土田が眼鏡を外して目をこすり、大きく伸びをした。冴子は自前の茶器で阿里山《ありさん》茶を淹れようと席をはずした。

「ところで、岡林《おかばやし》さんはどうしているの」

黄金色に輝く香り高い二番茶を小さな茶器に注ぎながら、冴子は懐かしい名前を口に出した。

「前回は海南島《かいなんとう》で派手な仕事ぶりを見せてもらったけど、あの人は本物の猛者《もさ》だね。今回も同じプロジェクトのメンバーのようだが、もっぱら御馴染みの三亜《さんあ》市で、公安署長相手の工作に集中するらしい」

岡林剛《つよし》は課報課が誇る語学と中国武道の達人である。

「すると、中国製武器の不正輸出に関しては、また三人で？」

「どうだろう。メンバーについては押小路課長のみぞ知るのではないかな」

「了解。ところで、この阿里山茶は本当に美味しいわね」

「淹れる人が素敵だからだよ。ちなみに俺はストレートより、カシスリキュール割りが好きだね」

「またお酒の話」

呆れ顔で応じながらも、冴子は土田の飲み方が正解であることをよく知っていた。カシスウーロンというカクテルは、鉄観音より阿里山で作る方がずっと良い味になる。

＊

冴子がアフリカを回っている間、土田はロシア経由でパキスタンに入る計画を実行に移した。中国で製造された武器の流出経路を自分の目で確かめるためだ。

「確かによく訓練されているな」

パキスタン陸軍の演習を柵越しに盗み見ながら土田は呟いた。

世界各国から集めたと思われる様々な武器を自在に操りながら繰り返し行われ

る、規律正しい演習には目を瞠《みは》るものがある。演習はインドとの国境のカシミール地域での紛争を想定したものだろう。パキスタンは戦略核を保有する軍事大国なのだ。パキスタン国情報部は、貿易会社のように自ら武器の輸出入を行う。過去にはタリバンに武器を流していたことが知られていた。

土田は首都イスラマバードで武器密輸業者の男に接触した。男の情報を教えてくれたのは陸軍の将校だったが、謝礼は日本円にして一万円程度で済む。パキスタンのGDPは静岡県とほぼ同じ経済規模で、一日二ドル未満で暮らす貧困層が国民の半数を超える。百ドルの小遣いは軍の将校といえども大きな収入に違いない。

「AK－七四を五千丁欲しいんだが」

男の事務所に案内された土田が言った。事務所といっても、武器庫の片隅にある掘立小屋で、古い事務机の端々は錆びついている。

「欲しいのはノーマルか。それともライセンスか」

男は英語で聞いてきた。

「ライセンスでいい。現物を確認したい」

ノーマルは純正のロシア製を指し、ライセンスはロシアからライセンスを得て生産している製品をいう。

「安いものを探しているんだな」

「そうだ。湿気に強ければいい。砂漠では使わない」

「……アフリカで使うのか」

「それは言えない」

「まあいい。アフリカの現地人に使わせるのなら、チャイナのAK－七四でいいだろう」

「中国製は精度が気になる」

「決して悪くない。湿度が高い場所で使うならオイルを塗って磨いておけ。砂漠で使いたいなら、メイドインチャイナは薦めないけどな」

店の男は思ったよりも武器に精通し、正直にしゃべっていることが分かる。

「アフリカにも商品を流しているのか」

「世界中から注文がある。パキスタンには世界中の武器が集まっている。戦闘の現場で武器を拾い集める業者だって存在する」

「そんな仕事があるのか」

土田が驚いた素振りをして訊ねると、男はにやりと笑った。

「あんたは日本人か」

「いや、アメリカ人だ」

「アメリカ人なのに戦争に行ったことがないのか」

男は土田の表情を観察するように大きな目を動かした。

「軍隊経験はあるが、戦地は知らない。計算屋だったからな」

「そうか。あんたたちのような事務屋は知らないだろうが、戦場は宝の山なんだよ。何万ドルとする武器のほか、貴金属や時計がたくさん落ちているんだからな」

「死体と一緒にだろう」

男はまたにやりと笑う。

「国際的な大企業だって、使用済み携帯電話からレアメタルや金を回収して儲けているんだ。同じじゃないか」

「資源再生だな」

「そう、まさにそれだ。いいことを言うな。うちで扱っている〝資源再生武器〟をもっと見てみるかい」

元手はただなのだから儲かるはずだった。確かに、戦国時代の日本でも落武者狩りという農民の副業があったし、討ち死にした侍の鎧兜《よろいかぶと》や武具は金に換えられた。死の商人というのは、古くから存在するのだ。

土田に背を向けて棚をさぐる男は、手を動かしながら話し続けた。

「中国製武器の多くは、シリアル番号が削除されているから証拠が出ないよ。再生武器は数が揃わないから、ものによって値段が違うけれど、お値打ち品も多い。あんたの用途に合わせて選ぶことだ」

「わかった。中国製をくれ」

男は電卓を叩いて土田に金額を示し、電卓も中国製だと言いながら、米ドルでの支払いを要求してきた。

「発送はしてくれるんだな」

「インボイス（送り状）が出せる国なら問題ない」

土田は眉を寄せた。

「武器でインボイスを出す国はないだろう？」

「お兄さん、インボイスに『武器』と書くバカはいないよ」男は甲高い声を上げて笑うと「アフリカならアレクサンドリアが受け渡し場所だ」と言った。

「了解」

店を出ると、土田はイスラマバードから中国との国境近くにあるアボッターバードに向かった。悪路に強いジープを入手済みである。

アボッターバードにはパキスタン軍の士官学校があり、パキスタン軍のエリートはこの街で育っている。二〇一一年、アルカイダの指導者ウサーマ・ビン・ラーディンはここでアメリカ海軍の特殊部隊によって射殺された。

またこの街は「カラコルム・ハイウェイ」のパキスタン側の起点である。

「カラコルム・ハイウェイ」は新疆《しんきょう》ウイグル自治区とパキスタンを、カラコルム山脈を横断して結ぶ道路だ。国境を横断する舗装道路としては世界一高所を通るといわれている。

往復二車線の道路にはトラックの姿が多い。中でも目につくのは、中国軍のトラックだ。

日較差が四十度を超える砂漠地帯を横断してきたらしい大型トラックは、どれも土砂にまみれていた。この中には大量の武器が積まれていることだろう。

土田は長い距離をがたがたと揺られながら、ジープを走らせ続けた。

中国軍のトラックが、パキスタン陸軍司令部に入っていくかと思うと、空の大型トラックが、ずっしりと車体を下げた状態で出てくる。軍を経由した武器の横流しとみていいだろう。正規軍までが、武器の密売に絡んでいるというのが実態らしい。

「俺のやっていることは、差し詰めサバイバル・ツーリズムってところかな」

土田はパキスタン陸軍司令部に出入りする車を写真に収めてから、空港に向かって再びジープを走らせた。

空港からカラチに飛ぶ。

カラチはアラビア海沿岸にあるパキスタン最大の都市で、多くの人口を抱える世界有数のメガシティーである。パキスタンの経済、金融の首都ともいえた。

またカラチ港はパキスタン最大の港で、貿易の拠点である。

「ムハンマド・ギルギット商会の船はどこへ着くんだ」

カラチ港港湾局でイスラマバードで接触した武器密輸業者の名を尋ねたところ、局員は土田に行くべき桟橋を教えてくれた。

港には、大型重機を運搬するための巨大なクレーンが数多くある。土田がクレーンを見上げると強烈な日差しに目を射られた。

ムハンマド・ギルギット商会の持ち船はすぐに見つかった。誰が見ても戦車の下部とわかるキャタピラー付きの重機を船に載せている。密輸武器といっても、隠し立てもしていないのだから呆れる思いである。しかもその戦車は、一見して中国製の新型九九式戦車だと分かる。

「インボイスには『建設機械』とでも書いているんだろうな」

土田は堂々とカメラを構えたが、誰も気に留める様子もないので遠慮なく船と戦車の下部を撮影させてもらった。写真を諜報課に送信してからしばらく経つと、

「当該船舶名はグレート・アイユーブ号。船籍はリベリア。所有者はムハンマド・ギルギット商会。スエズ運河経由でアレクサンドリアへ向かう」

との照会結果が届いた。

「あいつ本当に正直者だな！」

土田にパキスタン人を信用する気持ちが芽生えたのは初めてである。

アレクサンドリアの入港期日を確認すると十日後だった。

パキスタンの実態を知るべくカラチ市内を散策すると、この国の中国との関係の深さがよくわかった。中国は印パ戦争でもパキスタンの支援国であり、インドへの対抗で利害が一致している。経済的にも中国とパキスタンの間では自由貿易協定が締結されているので、雑貨屋や日用品店には安い中国製品が溢れ、多数の中国企業がパキスタンで商売をしていることが分かるのだった。

土田の次の目的地は、もちろんアレクサンドリアである。中国製カラシニコフの受け渡し場所だ。

アレクサンドリアは「地中海の真珠」とも呼ばれる美しい街だ。歴史的経緯から多様な文化的要素を合わせ持ち、街中に英語の看板も多い。

土田は早速アレクサンドリア港に向かった。じつに様々なスタイルの船舶が行き来している。大型コンテナの積み降ろしができる埠頭に錨《いかり》を下ろしているのは、どの国の船舶だろうか。

観光客を装ってカメラを手に街を歩いていると、人懐っこい土地の者が声を掛けてくる。

「ジャパニーズ？　アイ・ラブ・ジャパニーズ」

バザールの商人が土田を見て言った。土田は鞄《かばん》の中から六色ボールペンを出すと、商人は素っ頓狂な声をあげた。周りの店の者も驚いた顔をして集まってくる。

――エジプトのバザールで六色ボールペンを見せてみろ。たちどころに人気者になるぞ。

そう教えてくれたのは諜報課の押小路である。その言葉どおり、商人は全身で歓喜を表し、土田に何でもおまけをするから交換しないかとせがんだ。

「アイ・ラブ・ジャパニーズ！　バザール・デ・ゴザール！」

おまけに商人は、かつて日本のテレビコマーシャルが広めた流行語まで知っていた。土田は思わず吹き出した。

「面白いことを言うな。お礼にそのボールペンをあげるよ」

日中は三十度を超えるため、日没前後の八時ごろになって海で泳ぐ人も多い。カップルたちは涼しい海の風に吹かれながら、ビーチで語らっている。

土田は陽が落ちたばかりの海岸を一人でのんびりと歩いた。

時折、声を掛けてくる呼び込みと興味本位で言葉を交わしてみる。エジプトにも男を悦ばせるためのマッサージ嬢がいるようだ。昼間すれ違ったエキゾチックな美貌の女たちは、どんな肢体をしていたのだろう。劣情をそそられた土田は、ここまで来たのだから「社会勉強」するべきではないかと、開き直った。身分を証《あか》すものは全てホテルに置いてあるし、ポケットに裸銭でいくらか入っていた。

「ミスター」

英語で呼び込みをする男に応じてみることにした。「ハイ」

「ハーイ！　エジプトマッサージの中でも、ファラオニックマッサージは最高ですよ」

男によれば、ファラオニックマッサージの様子は古代エジプトの壁画にも描かれているらしい。紀元前から残る文字通り古典的なマッサージなのだろう。

「値段はどれくらいなんだ」

「一時間、百エジプトポンドです」

「ホテルのマッサージ料金と変わらないな」

「旦那はどこのホテルに泊まっているんです？」

「ヘルナンパレスティンだ」

元来、アラブ首脳会議に出席する首相や大統領が宿泊するために建てられた豪華ホテルだ。

「さすが、素晴らしい！　でも決して後悔させませんよ」

土田は頷くと呼び込みの男に付いて店に向かった。

海岸線の表通りから、どんどん裏に入っていくと小さな路地に店がひしめいている所に出た。その界隈《かいわい》は新橋の路地裏にある風俗店街を思い出させる色彩だったが、建物自体は重厚な作りである。

男が木製の扉を開いた。ドアの向こうは十畳ほどのホールになっており、若い金髪の可愛らしい女が出迎えた。スタイルはアラビアンナイトの衣装のようだ。

「この子がマッサージ嬢なら大当たりだ」

土田は顔色を変えることなく彼女に店のシステムを訊ねた。

「オイルは何を選びますか」

「クラシックマッサージの店ではないのか」

「正統エジプトマッサージは、オイルを使うのです」

「じゃあ、疲れを取ってくれるオイルにしよう」

個室に入ると、女がバスタオルを持って来、「全部脱いでバスタオルで下半身をくるんで」と耳元でささやいた。

バスタオルをきつく腰に巻き、土田がマッサージ台にうつ伏せになって待つと、程なく女が巻き付けたバスタオルを解き始めた。

土田は期待に胸を膨らませたが、意外なことに女はバスタオルを土田の尻の上に被せた。

女はオイルを手に取って、土田のリクエスト通りに強めに全身を揉み始めた。フィリピン式のマッサージに似てはいるが、オイルは香りがよく、成分が皮膚から体内に染みこむような心地よさがある。その後仰向けにさせられたが、女はタオルを動かして局部には絶妙な距離で触れないようにマッサージを続けた。

ほどなく終了の声がかかり、無用な期待に胸を躍らせた自分と呼び込みの男を呪いたい気分になる。

「シャワーはどこだ」

土田が女の顔も見ず不機嫌そうに尋ねると、

「もう五十エジプトポンド支払えば、ここでオイルを落としてあげる」

と、女はとろけそうな甘い声を出した。

土田は即座に了承した。

彼女は温かいタオルを使って指の先から丁寧にオイルを拭き取り、最後に局部にシュッと何かを吹きかけた。すると、みるみるそれが隆起した。彼女はその反応を楽しむように微笑んでいるだけで、土田を誘う気配はない。

「今のスプレーは何だい」

「疲れを癒やす魔法の薬よ」

金髪に指をからめながら女は媚態を示す。

「余計、疲れてしまいそうだ。この反応を止めたいんだが」

「数分で止まるわ」

そう言って笑う女は美しく、反応は収まりそうになかった。

土田が彼女の勤務時間を訊ね、明日の予約を入れると、帰りしなに彼女は土田の頬に軽くキスをした。

それから四日間、土田は店に通い続け、二時間コースを堪能した。四日目のマッサージが終わった後、ホテルに誘うと彼女は小さく頷いた。

翌朝、全身を壮快感で包んだ土田は、再び工作員としての作業に入るため、地味な作業着に着替えて港に向かう準備を始めた。


パキスタンで中国製の武器を購入した、ムハンマド・ギルギット商会が所有するグレート・アイユーブ号が今日、アレクサンドリア港に接岸する予定だ。

すでにその埠頭には多くのトレーラーやトラックが待機していた。貨物を降ろすクレーンも四機ある。

「みな武器を買い求めに来た連中か」

そう呟きながら、バッグの中から超小型GPS発信機を取り出し、トレーラーやトラックに近づき発信機を取り付けていく。作業を終えて桟橋脇にある小高い丘に登り、土田はノートパソコンを取り出した。二十五個のＧＰＳ発信機の作動状況を確認すると、全て正常に動いている。

落ち着いたところで、昨夜の秘事を思い出し、再び頭の中で至福のひとときを反《はん》芻《すう》した。

予定よりやや早くグレート・アイユーブ号は接岸した。

クレーンがちょうど動き始めたところだった。土田はビデオカメラを三脚に固定し、デジタルカメラで撮影の準備に取り掛かった。四機のクレーンが同時に動き始め、積荷のコンテナがゆっくり運び出され始める。煉瓦色のコンテナはそのままトレーラーに載せるのではなく、埠頭脇の空き地に一列に並べられていく。そこにフォークリフトが次々に到着した。

「ここで荷解《にほど》きするわけじゃないよな」

荷降ろしからしばらく経った時、その場でコンテナが開けられた。

「呆れた。密輸業者ですが逃げも隠れもいたしません、か」

土田は集まってきた一人ひとりを五百ミリの望遠レンズを取り付けたデジタルカメラで撮影した。データは即座に諜報課に送るのが鉄則だ。

中国製の新型九九式戦車の下部とわかるキャタピラー部分が、自走してコンテナから姿を現した。続いて荷解きされたのはヘリコプターの本体で、これはロシア製に違いない。

「まるで武器の見本市だな」

香港《ホンコン》分室から積荷に関するデータが届いたのはその日の夜だった。

主力小銃はドイツ製のH&K G三、中国で生産されたAK－七四シリーズの他、ロシア製の携帯対戦車擲弾発射器RPG－七も混じっている。

牽引砲も多彩で、ロシア製の百二十二ミリ榴弾砲、アメリカ製百五十五ミリ榴弾砲が運び込まれていた。輸送ヘリコプターは武器業界のベストセラーといわれるロシア製Mi－八、攻撃ヘリコプターはアメリカ製AH－一。

「総額千二百億円規模か……ものすごい商売だな」

その後、それらの武器はスーダンに持ち込まれ、政府軍のもとに流れていったことがわかった。世界の闇マーケットを利用するのは反政府勢力だけではない。アフリカでは国家までもが、闇市場に取り込まれている。中国もまたしかりである。

第二章　闇銀行

防塵マスクで鼻と口を塞《ふさ》ぎ、足早にホテルへ急ぐ大里靖春《おおさとやすはる》の顔は強張っていた。この地で薄汚れた空気を吸うたびに寿命が縮む思いだ。風向きのせいだろうか、今日の北京《ペキン》の大気汚染は一段と酷かった。

日本人離れした長身と、防衛大学校で鍛えた分厚い胸板のおかげで、ヨーロッパサイズのトレンチコートも体に合う。顔はいわゆるサムライ顔で、周囲からは、目に表情を宿さないので工作員に向いていると言われる。突然、オメガでの勤務を言い渡されたときは、ただ驚くばかりだったが、もともと国際的な仕事がしたくて警察庁のキャリアの道を選んだ大里である。すぐにこの特殊な仕事にのめり込んで行った。

王府井《ワンフーチン》の日系ホテルに入ると、大里は階段で二階に上がり、吹き抜けになっている部分から一階のロビーを見回した。約束の二十分前に目的地に到着したら、必ず行うのが点検作業だ。自らの追尾の確認は宿泊ホテルを出る時から何度も行っている。

約束の五分前、ホテルロビーにその男が入ってくる様子を目で追った。男の後方十メートルには、二人の公安らしい人物が男を追尾している姿も確認できた。大里は携帯電話を取り出すと、約束の男にかけた。

「表情を変えず、そして後ろを振り向かずに話を聞いてくれ。自分が追尾されているのは了解済みだろう」

「黒のコートを着た二人組だね。王府井の地下鉄改札口を出る時に気づいたが、振り切るほうがかえって危ないと思って、ここまで連れて来たんだ」

男は落ち着いた声で言った。

「今からきっかり二分後に、奥のエレベーターに乗って二十一階のレストランフロアに行ってくれ。着いたら、非常階段で十七階まで降りるんだ。一七一七号室に入ってくれ」

腕時計に視線を落とす男の姿を見てから、大里はその場を離れ、二階で止めたままにしていた業務用エレベーターに乗り込んで十七階に上がった。

十七階に着くと、追尾がないのを確認して、大里はカードキーで一七一七号室のドアを開扉した。ほどなく約束の男が顔を覗かせる。

「尾行はいつ頃から付いているんだ」

「今日、初めてだ」

「会社の電話が盗聴されているのか」

「おそらくそうだろう」

「身柄を拘束されないようにしなければ」

「すでに大使館へ連絡してあるんだ。これから一時間後に職員が迎えにくることになっている。大使館から外交官用車両で空港に向かい、出国する手筈だよ」

「イギリス本国も慎重になっているということか」

男は中国系イギリス人エージェントで、名前をチャンといった。大里が信頼をおく協力者でもある。MI6で働くチャンは、内モンゴル自治区包頭《パオトウ》市にある中国軍が所有する戦車工場を調査していた。

「戦車工場の生産データと納品データを渡しておこう。五パーセントの水増し生産をし、これを裏業者に流していることがわかった」

「五パーセントは大きいな」

大里はチャンから受け取ったファイルに集中した。端々に中国語でメモが取られている。「年間十台として一億ドルぐらいの儲けか」

「この工場だけでそうだから、どれだけの武器が横流しされているのか、中国政府も全く実情を把握できていないだろう」

ファイルには実に詳細な分析報告が示されていた。

「これだけの資料を受け取っていいのか」

「靖春は僕の命の恩人だからな。包頭で再会した時には驚いたけどね」

チャンは細い目を一層細くして言った。

「僕だって、まさかあそこに君がいるとは思わなかったよ」

大里は在ロシア日本大使館一等書記官時代に、ダグラス・チャンと出会った。アルカイダを始めとする武装勢力と、アメリカなどの有志連合諸国、国際治安支援部隊、さらにはアフガニスタンやイスラム共和国政府との関係をロシア国内で探っていた頃である。

一方ダグラス・チャンはMI6のエージェントとして、ロシアンマフィアと武装勢力の裏の繋がりを解明するため、武器の受け渡し経路を探っていた。

「もともと、ロシアと大英帝国は帝政ロシア時代から争いが絶えなかったからね。旧KGBの残党がMI6を狙っていたということだ。だがその一部がロシアンマフイアになっていることに気づかなかった」

　チャンは首をすくめる。

「グレート・ゲームとまで言われた大がかりな戦略抗争だったからな。現代まで後を引くことになってもおかしくはない」

　グレート・ゲームとは、第二次アフガン戦争で、中央アジアの覇権を巡り大英帝国とロシア帝国の間で繰り広げられた情報戦のことだ。

「ロシアは未だにイギリスに対しては懐疑的な態度を崩さないからな。しかし、あの時、靖春が咄嗟に機転を利かせて、僕を日本人と言ってくれなかったら、今頃僕は生きていなかった」

　当時、チャンはロシアンマフィアとロシア陸軍幹部の癒着に目を付けていた。綿密な計画のもと、ロシアンマフィアが管理していた武器庫の破壊工作を行い、成功させたのだ。この破壊工作でロシアンマフィアが被った被害は彼らの年間予算の数倍と見られていた。

　一方、大里はロシア駐在の日本人外交官として、アフガニスタンの戦場視察を行う立場にあった。国連平和維持軍による戦闘が適正なものなのか、化学兵器が使用されていないかチェックしていた。

チャンが破壊した武器庫は、アフガニスタンとの国境にほど近いロシア国内にあった。ちょうど大里が視察中のエリアから十キロも離れていない場所である。

唸るような地響きとともに、きのこ雲を思わせる煙が立ち上った。視察に参加していた他の国々の外交官も、戦略核が使われたのではないかという恐怖に包まれながら強ばった表情で立ち上る雲を見つめる。間もなくそれが武器庫の爆発であることをロシア政府関係者から知らされて、大里も冷や汗を拭った。

ロシア政府はこの武器庫がロシア正規軍のものではなく、マフィアの所有であったことを知ると、事故と事件の両面で捜査を開始した。

大里ら外交官グループが戦場視察を打ち切り、バスでモスクワへ引き返そうとしたとき、窓越しにカメラバッグを肩から提げた東洋人が近づいてくるのが見えた。

「すみません、私は……」

バスに乗せて欲しいという東洋人に話を聞きながら、大里は素早く男の全身をチェックした。男はニコン製のプロフェッショナル仕様のカメラストラップを所有していたが、その眼光からは、戦場カメラマンとは異なる、感情を押し殺して無表情を作り込む強い意志が感じられた。

――こいつ、何かやってきたな。安心しろ、我々はお前の味方だ。

外事警察の中でも、その頂点にある警視庁公安部外事第一課管理官として徹底的に鍛えられた大里は、この男の目を見て瞬時に「協力者になりうる男」と判断していた。大里は迷うことなく大きく頷き、

「道に迷った、そうだろう？」

と日本語で尋ねてみた。すると男は「はい」と日本語で答えた。

大里は政府の随行員にこの男をバスに乗せるよう頼んだ。随行員は怪訝な顔をしたが、大里とは日頃から良好な関係にあったため、承諾してもらうことができた。男をバスの最後部に座らせ、その隣に大里も座ると、それ以上二人は何も話さなかった。

しばらくするとバスがロシア兵に止められた。検問中だという。

「戦場視察中の外交官の一行だ」

随行員が軍人に説明したが、軍人は首を横に振り、

「全員の身分証を見せろ」

と言う。

状況を察した男は、今度はブリティッシュイングリッシュで、身分証を所持していないと大里に告げた。

一瞬頭の中が真っ白になったが、「これを」と言って、大里が男に差し出したのは自分の身分証だった。大里自身は駐在武官の階級章がついた証明書を用意すればいい。ロシア兵は東洋人の顔を見慣れていない。大きな賭けだったが、それ以外にこの場を切り抜ける方法が思い浮かばなかった。

バスに入って来たのは、兵尉官クラスの階級章を付けたロシア兵である。男は大里の身分証を自分の内ポケットから取り出して、ロシア兵に見せた。軍人は二度、写真と本人を見比べてから、投げつけるように男に返した。

続いて大里が身分証を示すと、踵を鳴らして気をつけの姿勢をとり、大里に一礼した。胸の鼓動が早まり、手のひらにべっとりと汗が滲む。大里は極度の緊張状態のなかでちらりと隣の男の横顔を見たが、男は何食わぬ顔で視線は宙を見つめている。

——お前、プロだな。

検問はほどなく終わり、バスは空港に向かった。

空港に到着すると、男は言葉少なに謝意を述べ「改めて連絡をする」と言い残してその場から立ち去った。

数日後、ロシアのイギリス大使館から直通電話があった。あの時のカメラマンだという。

「ダグラス・チャンだ。危ないところを救ってもらった礼を改めて言いたかった」

電話の後、日本大使館を訪れた男は、イギリス海軍少佐の制服に身を包んでいた。

「僕はＭＩ６のエージェントで、世界中で不正な武器の横流しをチェックしている」

チャンは聡明な笑みを浮かべながら仕事について簡単に語ると、プライベートのビジネスカードを大里に渡した。

「僕も闇の武器の流出経路には大きな関心を寄せている」

「主な流出元はアメリカ、ロシア、中国、北朝鮮、パキスタン。このうち、米ロは武器の主要部分を隠したもの、中国、パキスタンはロシア製のライセンス生産及びその模造品。北朝鮮は完全なパクリ品だ。その中でも、ロシアンマフィアとチャイニーズマフィアが絡んだ商売の捜査には十分な注意を払うように、って僕が忠告するのも変だな」

チャンとは、それからも時折情報交換をする間柄になり、大里はチャンを協力者として登録した。

一七一七号室の窓の外からは北京の街並みが見渡せるはずだったが、二人とも窓の側に近付こうとはしない。

大里は、警視庁管理官当時、極東地域におけるロシアンマフィアの動向はほぼ把握し、彼らの犯罪手法を熟知していた。ナホトカ、ハバロフスクから日本のヤクザに流れる銃器の横流しルートも泳がせ捜査をしていたぐらいだ。

「ロシアの闇ルートは解明できたのかい」

チャンの問いには、大里はなるべく正直に答えるようにしている。

「まだほんの一部だ。この国も中国同様汚職国家だからな。社会主義が崩壊したあとの資本主義もどき国家はそんなものだ。中国はまだ共産党が崩壊していないだけで、経済体制は社会主義の理想を完全に失っているだろう」

「軍事独裁国家とそう変わらないからな、中国は」

「いや、今や軍の半分は共産党から離反している。その証拠が兵器の流出なんだ」

「そういうことか。だから、共産党のある程度の幹部と軍が結託してチャイニーズマフィアを動かしているんだな」

「ああ、珍しい構図だ」

「末期的様相を呈しているというわけだ。情報力のある国家や企業は徐々に中国への投資を抑え始めている。中国の成長はもう陰りを見せているからな」

チャンは首をすくめた。

＊

大里が諜報課勤務になってからの最初の仕事は中国国内の武器工場の確認と、その搬出ルートだった。

国会内でも中国との関係に詳しい政治家に面談を求めたり、防衛・治安を担当する役所との勉強会を主宰したりしながら、中国という国を学び、研究を続けていった。

中国の最大の武器は何か、と大里は考える。それは知的財産権とモラルを無視できるマインドだと、冗談でなく感じるのだ。現在の中国人には「恥」という意識は存在しないだろう。恥も外聞も臆面もなく「成功は自力、失敗は他力」を公言して憚《はばか》らない。

「中国という共産国家が、妙な形で崩壊してしまうのは怖いな」

課報課に異動すると、日々同僚との議論にあけくれた。大学のゼミ生のような気分だったが、実情やデータをもとに繰り広げられる議論はリアリティーにあふれ、知的興奮に満ちていた。

「それは大量のボートピープルの出現のことですか」

課報課の若手、寺内将太《てらうちしょうた》は大里の後輩である。

「たとえならず者国家に対してであっても、成熟した国家は国際法の遵守を示してやらなければならない。あの国家が崩壊した時には少なく見積もっても百万隻の船、三千万人の避難民が日本に向かってくる。幾重にも機雷を張って沈めてしまえば済むことではあるが、国際的に非難されることは避けられない。また新たな補償問題も出てくるだろうしな」

「歴史認識に関して、大里さんのお考えは」

「彼らの歴史認識は極めて狭いスパンしかベースにしていない。中国四千年の歴史というが、過去はほとんど捨て去っている。中国が一番領土を広げた元の時代は、ユーラシアの四分の三はやつらの土地だったわけだ」

「フビライ・ハン時代の元は強大でしたからね。それでも、日本攻撃は二度とも失敗している」

「そう。そこが中国にとっては痛いところなんだ。あの時、一度でも日本を占領した時代があったら、もともと日本は自分たちの領土だった、と臆面もなくのたまっていることだろう」

「神風が吹いたおかげですね」

大里は頷いた。

「聖徳太子の時代に〝日出ずる処の天子……〟と記した書簡を当時の中国に送ったことは知っているね。それは、それまで日本にとって兄貴的な存在であった中国に対する決別宣言でもあった。あれから日本は一度たりとも中国に屈していない」

「大東亜戦争は日本の侵略戦争であったことは間違いないですよね」

寺内は真剣なまなざしを向けて聞いた。

「当然だ。世界中が帝国主義に走っていた時代だ。軍部の暴走については認めなければならない」

「日本の過ちは、軍部の暴走が原因だと」

「僕はそう思う。世界大戦に巻き込まれてしまった以上、極東の小国として避けられなかった道なのかもしれない。結果的に日本は大敗を喫《きっ》した。アジア諸国に莫大な賠償金を支払い、その後は支援もしてきた。我々は多大な犠牲を払い、そこから学んだことを忘れずに、今の繁栄を築いたんだ」

若い頃より国際的な仕事に就きたいと考えていた大里は、入庁以来、熱心に内外の歴史書を読み漁《あさ》った。世界史を学ばずして、日本の未来を考えることはできないと思っている。

「外務省のチャイナスクールの方々が聞いたら、怒りだすんじゃないですか。中国に対する敬意が足りないと」

「彼らは別名ハニートラップグループというんだ。自分たちが罠にハメられたのにも気づかず、色男風情なのには困ったものだね」

寺内と大里は顔を見合わせて大笑いした。

「南北朝鮮についての見解を聞かせてください」

「あの半島が、統一され、独立したのは李氏朝鮮時代だけだ。それまでは中国の属国だったね。朝鮮事大主義と呼ばれる、日和見的な態度を是とする国民性は長い歴史の中で醸成されてしまったのだろう」

「両国に共通する、反日教育と反日報道には呆れるばかりです。嫌悪するどころか、彼らを哀れにすら思います」

ひところ日本を席巻した韓流ブームも一過性のものでしかなかった。

「いつまでもあのような対日戦略しか立てられない国が発展する訳がない。そんな国だから、国内政治は不透明で汚職がはびこり、ビジネスの現場では、詐欺まがいが横行しているというわけさ」

*

ダグラス・チャンが包頭の武器工場から盗んだデータの分析を終えた大里は、自ら現場に向かうことにした。チャンのデータの裏をとり、武器の横流しの実態を確認するためである。

「中国を知ることは、裏社会と裏金の流れを知ることに他ならない」

チャンの報告書に書かれた言葉を反芻しながら、大里は夜の包頭に入った。

包頭の武器工場に侵入し、民間会社と思われるトレーラーに戦車が積み込まれているところを目撃した大里は、そのうちの一台を追尾することにした。ナンバープレートを偽造した盗難車で後を追う。

盗難車を手配する際、気を付けなければいけないのは韓国製の車両を使わないことだ。いつどこで故障してもおかしくないのだから。

戦車を載せたトレーラーは包頭郊外の大きな倉庫のような建物に入った。入り口には大きく「友好紅軍公司」と書かれている。

大里は正面ゲートを見張ることができる路地に車を停めて監視を続けた。

一時間に数台、黒塗りのベンツが敷地内に入っていく。中には大手銀行の旗を付けた車両もある。

大里は友好紅軍公司について北京支局に問い合わせた。

「退役軍人が設立した民間会社で、工事用重機の販売やレンタルをしています」

諜報課からの返事はすぐにきた。

「戦車でどんな工事をするんだよ」

早速この会社の内部調査に入った大里は、若い女性社員をターゲットにすることに決めた。

包頭のような地方都市にある中規模会社の給与では、社員の多くは満足のいく生活は送れない。そのため多くの女性社員はセカンドビジネスを持っている。副業として人気があるのは、外国人客相手の水商売だ。彼女たちは、日本のホステスのように髪をアップにセットすることはないが、夜の職場へは派手な化粧をしていくからすぐに分かる。

正面ゲートを見張っていた大里は、アイメイクの濃い女に目を付けて追尾した。十五分ほど後を付けただろうか。女が歓楽街にある通称「カラオケ」と呼ばれるクラブに入っていくのを見届けると、大里も入店した。

中国の「カラオケ」では、客は好みのホステスを選んで個室に入って飲む。アフターの有無は店のマネージャーにどれだけ金を摑ませるかで決まる。

この店にはホステスが三十人以上いるようだ。店の雰囲気は、昔の日本のキャバレーを思わせた。個室の他に広いホールがあり、バンドマンたちが演奏している。大里は個室には入らず、友好紅軍公司から追ってきた女をホールに呼んだ。

女は豊満な身体のラインを強調するような、タイトなチャイナドレスに着替えて現れた。ドレスから真直ぐに伸びた脚が美しい。

「ミスター、どこからきたの」

女は英語で話しかけてきた。

「ニューヨークだ」

「ワオ、どれくらいの期間こちらにいるの」

「商売の成り行き次第かな」

「どんな仕事か聞いていい」

「土地の調査だな」

「調査って貴金属とかの？　レアアースかしら」

ホステスからレアアースという言葉が出てくるとは思わなかったが、大里は澄ましていた。

「よく分かったね。包頭では貴金属の埋蔵量を調べているんだよ。埋蔵量によっては、露天掘りでもいいのかも知れないが、大掛かりになれば発破用のダイナマイトや掘削機、ブルドーザー、トラックを手に入れなければならない。その手配についても考えなければと思っている。どこかでレンタルすることになるが、その会社が秘密を保持できるかどうか、我々は最も気を遣うんだ」

「大きな仕事をしているのね」

女は艶っぽく微笑むと、かがむようにして胸の谷間を見せつけてきた。

「包頭には新型の機械を揃える会社があるそうだね」

明らかに女は大里の仕事に興味を示しているようで、おもむろに大里の腕を取ると、自分の腰に巻きつけて離さない。ドレスの生地は滑るようになめらかだ。

「私が知っている会社をお勧めしますわ。軍と取引があるから、いい機材が入るの」

　声にはたっぷりと媚を含んでいる。

「なるほど。兵站《へいたん》ならいい機材があるかもな。なんという会社かな」

「友好紅軍公司。包頭では有数の会社なのよ」

「そこの誰を知っているんだ」

「ちょっとしたお友達」

「経理かコンプライアンス担当の上層部でなければ話ができないな」

「私の友人は友好紅軍公司の経理部にいるの。彼女なら上層部とパイプを持っていると思うわ。ご予算は？」

　胸の谷間に視線を落としながらも、大里は落ち着き払ってうまく話を繋いでいった。

「当座は二百万ドルからスタートだ」

「ワオ！　凄いわね。役所とのパイプはあるの」

「すでに中南海の了解は取り付けている。数日中に現地の書記と面談して契約する」

　大里はマッカランの十八年をストレートで飲んでいた。チェイサーは日本製のミネラルウォーターだ。

「今日はゆっくりできるんでしょう」

女は大里の背中をシャツの上からさすりながら聞いた。

「こちらへは着いたばかりなんだ。この店へは下見に来ただけ。まだ他に二、三軒あるんだろう」

「意地悪な人ね。この辺りではうちが一番グレードが高いわ」

「店のグレードと女の良し悪しは比例しないからな。先日も上海《シャンハイ》でトップクラスと言われる店に行ったが、いまひとつだったね。見てくれはいいが誠意のない女たちばかりだった。一日二日の出張ならいいが、長丁場とくれば、落ち着く女のいる店がいい」

大里は女の腰から手を放して、グラスに手を伸ばした。

「若いのに遊び人みたいね」

「最初は誰でも遊びから始めるものだ。それに、こういう場所に結婚相手を探しに来る奴はいないだろう」

グラスを空けた大里を女は口を尖らせて見ている。

「あなたみたいな人はモテないわよ」

「僕が好みじゃなければ、遠慮なくチェンジしてくれ」

大里は女に冷たい視線を送ってみせる。

「……本当に意地悪な人」

女が拗《す》ねるようにむくれたので、本題に戻るとしよう。

「経理で働いているという友達はどんな子だ」

「私と同じ二十六歳の、美人で優秀な人よ」

「彼女に会わせてくれないか。もちろんお礼はするよ」

「お礼？」

目を丸くしてみせる女だったが、所詮は見え透いた芝居である。初めから金が目当てであることは分かっていた。北京や上海のクラブであれば、組織に属する女のハニートラップに警戒しなければならないが、ここではその心配はまず無用だろう。

「紹介はビジネスと考えてもらっていい。もし友好紅軍公司と契約することになったら、その時は成功報酬も考えよう」

もう一杯水割りを飲んでから、三日後に回答をもらう約束をして大里はその店を出た。女にはチップとして五百元を手渡す。彼女にとっては一週間分の給与に値する額である。

翌日から、自分の車両に小型カメラを取りつけ、友好紅軍公司を監視した。

大型トレーラーが頻繁に出入りする。九〇－Ⅱ式戦車とわかるキャタピラーを載せたトレーラーにGPS発信機を取り付けることに成功すると、諜報課の仲間に後を追わせた。

三日後、女は店のホールで上機嫌な表情を見せて大里を迎えた。女の友達が、大里とのビジネスに興味を示し、明日の夕食を共にしようと提案してきたらしい。

大里は女を連れて個室に入り、五百元を手渡して女の頰にキスした。

「明日もよろしく頼む」

女は大里の手を自分の太ももに置き、内股の方に導いていったが、大里は首を横に振った。

翌日、女が指定したレストランは西域料理の店だった。シルクロードの経路からは外れているものの、モンゴル、中華、インド料理を融合させたスパイシーな西域料理は、日本では口にできない美味さである。煮込み料理はガラムマサラと花椒《かしょう》をまぜたような独特の味わいで素晴らしい。羊肉は串焼きにして楽しんだ。

友好紅軍公司の経理部に勤めているという女は、彫りの深い美しい顔立ちをしており、おまけにスタイルが抜群ときている。強調しなくても分かる、張りのある上向きのバストには思わず唸り声を上げそうになった。

「こちらはニューヨークから来ているマイク・オオサトさん。彼女は私の友達のユンよ」

世間話から西域料理の話へと移し、三人の間に打ち解けた雰囲気が漂ってきた。その土地の人間と距離を縮めたいと思ったら、大里はいつもローカルフードを褒めることから始めている。しかし今晩はお世辞を言う必要はない。

「ところでユンさんは、会社では経理部にいるそうですね」

本題を切り出したのは、会話レベルからユンの聡明さが伝わってきたからである。大里は続けた。

「経理というセクションで働く人間は、会社全体を見渡すことができなければ一人前とはいえませんね」

大里は敢えて試すような言い方をした。ユンが勝気な性格のようにみえたからだ。

「ええ、経理部はただの計算屋ではありません。会社の利益と将来を考えた判断が必要です」

「ときには社内の不正行為を発見してしまうこともあるでしょう」

二人の女はゆっくりと顔を見合わせた。しばらくどちらも口を開かなかったが、ユンが大里の目を見て、

「この国では、裏金というものが、もはや必要悪として認められているんです。役人への裏金や、裏銀行との繋がりがなければやっていけませんから」

「裏銀行ですか。資本主義国家にはそのようなものはありませんが」

大里は淡々と言った。

「表、裏という表現を始めたのは、他でもない中国共産党ですから」ユンは肩をすくめて続ける。「国営銀行は原則として国営企業にしか金を貸しません。民間企業は、高金利を支払ってでも裏銀行から借り入れるしかないのです」

「また国家がその二重構造を黙認している」

「そのとおりです。幸い私が勤めている友好紅軍公司は、軍との取引があるため、国営銀行も直接ではありませんが融資してくれます」

彼女は国営銀行の迂回融資があることを大里に堂々と伝えた。

「民間会社が軍との取引ですか」

「ええ。軍隊は武器のほかに、トラックや、ブルドーザーなどの車両や建設機械も多く所有しています。多くの採掘関係企業の間で、私たちの会社は広く知られています。オオサトさんもどこからかその噂を聞いてこられたのでしょう」

「はい。私が取引で最も重要視していることは、契約に関する機密の保持ができるかどうかです。どこで何を採掘しようとしているか、絶対に他社に漏らしたくない」

「それで経理部長との面談を求めたのですね」

ユンは話の呑み込みが早くて助かる。大里は笑顔をつくるとユンに尋ねた。

「ところで御社は機械のレンタルだけでなく販売もしているとか」

「もちろん。長期間のレンタルよりも割がいい場合があります。特にトレーラーやトラックは」

その後は他愛のない話を積み重ねて、大里は会食を切り上げた。

店から出るとユンに握手を求め、

「それでは、またご連絡します。連絡先を教えてくれませんか」

「個人、それとも会社の？」

「両方だと嬉しいですね」

ユンはハンドバッグからビジネスカードを取り出すと、裏に個人のメールアドレスを書き加えて大里に渡した。ユンの大きな目の奥に光るものがあった。

「いいお仕事ができることを期待しています」

ホテルに戻ると早速大里はユンにメールを送りながら、これを使って会社のコンピューターに侵入した。メールアドレスはアクセスポイントのヒントになる。ファイアウォールが敷かれていなかったため、ほとんど苦労することなく友好紅軍公司経理部のサーバーに侵入できた。

想像以上に儲かっている会社だった。特に戦車や装甲車は、仕入れの十倍以上の金額で売られている。販売価格が高いのではなく、仕入れ価格が異常に安いのが特徴だが、軍からの横流し物品のため、仕入れはただ同然というわけだ。

さらに大里は融資部門の計算書を見て思わず声をあげた。

「ここの実態は、武器を不正に売り捌《さば》く会社ではない。本業は闇銀行だ」

友好紅軍公司が高金利で貸し付けを行っていることが分かった。

＊

大里は諜報課北京支局長の水原正一郎《みずはらせいいちろう》に電話を入れた。

水原は警察庁警備局外事情報部長から内閣参事官を経て、警視監の立場で諜報課に身分替えしていた。警視時代は香港にある日本総領事館に勤め、経済情報担当官を経験している。警察庁きっての中国通だ。

「面白い情報だな」

大里の耳に水原の弾んだ声が届いた。

「この会社を調べれば、軍の裏金作りのからくりが詳細にわたって判明するかもしれません」

「年間で数千億円単位の稼ぎがありそうだな。地方の武器工場からよくぞ見つけ出した」

「ありがとうございます」

大里の声も自然と弾む。

「ところで、君は今回の情報をエージェントとしてどう料理するつもりだ」

エージェントならば、上司に報告した内容に関して、その次に打つ手まで準備しておく必要がある。そう教えられていた大里は、すかさず用意していた答えを話した。

「はい。不正輸出された武器の最終的な到着先を突き止めたいと思います」

「それで」

「その組織の実態を調査し、反社会的な組織であれば当該武器を破壊します」

「それから」

「この不正輸出に関わった組織を根こそぎ洗い出します」

「ほう。その次は」

大里は水原支局長とのやりとりに苛立ちを覚え始めた。

「……金の流れを調査して諸悪の根を絶ちます」

「どうやって」

「あらゆる手法で……」

言葉に詰まった。

「それを全て実行するのにどれだけの日数を要するんだ」

「一年はかかると思います」

「悠長な仕事だな」

突き放すような言葉を浴びせられ、大里の携帯電話を握る手から汗が噴き出した。

「オメガのエージェントなら、三ヵ月を目標にすべきだろう」

うまい返答が浮かばず焦った。大里は上司があえて自分を試しているのだろうと考え、反抗的な言葉が口から飛び出すのをなんとか抑え込んだ。

「君はうちの組織にある機材の全てを知っているのか。コンピューターのハッキングや解析技術だけでなく、データバンク、人工衛星、そして武器。それらについて誰が精通しているのかも」

水原は静かに続けた。

「大里、エージェントは一人で行動することが基本とはいえ、自分が組織の人間であることを忘れてはいけない」

大里はハッとした。エージェントといえども一人で仕事を完遂できるわけではない。

「申し訳ありません。考えが至りませんでした」

「まあいい。早めに気付くことが大事なんだ。中国のアフリカ進出における不正を紏《ただ》す、そのミッションのもとに現在動いている諜報課員はお前の他に何人かいるんだ。皆が上げてきた情報をもとに、一矢を報いるつもりだ。大里は岡林剛を知っているだろう。あの中国武道の達人で変人と言われている」

水原がふっと笑った。

「はい、兵庫県警時代に大変お世話になりました。いえ、決して変人だとは」

「岡林とまた同じセクションで仕事ができるとは思わなかっただろう」

「えっ」

その評判も賛否両論であった謎めいた岡林を、大里が密かに尊敬していたことを水原は知っているようだった。まさか岡林さんがオメガにいらっしゃるとは——。

翌日、水原から膨大な資料が届いた。送られてきた様々なデータの大半を作成したのは、「土田正隆」という人物らしい。大里はこの名前を聞いたことがなかったが、どうやら諜報課に関係ある男のようだ。そのデータは精緻を極め、中でも中国から不正輸出された武器がパキスタン経由でアフリカへ流れていく様をレポートした箇所を、大里は目を皿にして何度も読み返した。

大里はイスラマバードに飛んだ。友好紅軍公司から出て来たトレーラーに取り付けたGPS発信機の情報によれば、戦車を積んだトレーラーは、「カラコルム・ハイウェイ」を通り、イスラマバードに向かっていたからだった。

爆破装置をどこに取り付けるか——大里は飛行機のなかで何度も武器庫の様子を想像し、シミュレートした。

＊

水原に局長室に呼び出された津村哲徳《つむらてつのり》の額に汗が浮かんだ。

津村は諜報課へ着任したばかりの新人警部である。かつて警備部ではＳＡＴに所属し、体力には自信があったが、まさかエージェントの任務に就くとは想像もしていなかった。ライフルの腕前なら誰にも負けないが国際情勢に通じているとはいえない。水原から矢のように浴びせられる質問に緊張しながら答えていた。

「中国経済を知るにはまず、中国の金の流れが二重構造になっていることを摑んでおかなければならない」

「それは影子銀行のことですか」

「その通り」

中国の国営銀行は、預金金利が三パーセント、貸付金利が六パーセント、預金準備率が二〇パーセントと規制を受けている。国営銀行は国営企業にしか貸し付けを行わない。国営銀行から借り入れができない民間企業は、正規の銀行システムの外に巨大な金融市場を作り上げた。それが闇銀行であり、中国では「影子銀行」と呼ばれている。

今、中国では、国営銀行を介さずに高利で集められた巨額の資金が主に不動産に投資され、その多くが焦げ付いている。闇銀行は日本のバブル期に発生したノンバンクに似ていた。闇銀行市場は日本のGDPに並ぶ規模とも言われるが、定かではない。なぜなら中国政府が発表する公式の経済指標でさえ信用できないからである。

「最近、幾度となく中国の経済危機のニュースがマスコミに取り沙汰されているが、それを黙って見ているほどあの国は馬鹿ではない。中国はこれまで全世界にメイドインチャイナ製品を輸出し、約三百兆円もの巨額の外貨準備金を蓄えているんだ」

「共産党は自分たちだけ逃げおおせる気ですね。そこまでマスコミも突っ込んで取材してほしいです」

「まあ、マスコミだって商売だ。中国と朝鮮半島を非難しておけば紙誌が売れるのだろう。それだけ日本国民はこの二つの地域が好きではないということだ」

「アレルギーというところでしょうか」

「我々の国に内政干渉をするのは、この地域の三国しかないからな。そして三国とも国内に経済危機を孕んでいるから、国内世論を誘導するために仮想敵国として日本を攻撃してくる。北朝鮮は論外としても、中国、韓国の一般知的レベルだってそんなに高くはない」

「韓国では、最近目を覆いたくなるような事故が多いですね」

「一流と言われるホテルのロビーで客を取る売春婦、デパートのエレベーターガールを夜の相手に斡旋《あっせん》する黒服、商業の中心地である明洞《ミョンドン》で堂々と販売されているイミテーションの時計、白タクの横行。それが韓国都心部の現在だ」

「そうですね」

津村はソウルを旅行した時のことを思い出して、頷いた。

「まあ、隣国関係というものはどこでも何らかの問題を抱えているものだ。その歴史が長ければ長いほど」

「ヨーロッパも同じかもしれません」

「英仏、仏独、独露、仏伊。東西問題がない国家間でも、長い間の民族、宗教の違いと領土問題を巡って争いは絶えないし、国民の意識は簡単に変わらない」

「日本とその隣人も同じということですね」

水原は椅子に深く腰掛けて、リラックスした様子である。

「敗戦国である日本が突出した成長を遂げたことが、隣人にとっては面白くない。そのあたりの人情の機微は、上位にある者が理解してやらなければならないのだが。あまりに理不尽な内政干渉を繰り返されては、大人しい日本国民でも怒りを覚えるよな」

「歴史認識も含めてですか」

「隣国がどれだけ正しい歴史教育を行っているか。近代史しか教えていない中国は、毛沢東《もうたくとう》が行った二つの蛮行を子供たちには決して教えない。その一つである文化大革命は、犯罪以外の何ものでもないだろう？　そこを中国共産党が認めないで、日本に対して歴史を正しく見つめろなどと、よく言えたものだ。最近の日本政府の中国政策のキーワードを知っているか――〝無視〟だよ。良識ある者は、彼らを相手にしない」

「これまでの多くの政治家や外交官の態度は違いました」

「特にチャイナスクール出身の連中は売国奴の誹《そし》りを受けても仕方ないほどの劣悪

さだったな」

警察庁の中でも中国への精通ぶりは一、二を争うと言われる水原の言葉だけに重い。水原は楽しそうに話し続ける。「彼らは中国に服従していたと言っていいな。僕は香港の総領事館で、その実態は見て来たからな」

「かつての政治家は誰から何を聞き、どんな情報を信じていたのですか」

「対中戦略に関しては、多くの政治家が外務省の手駒に成り下がった。まともな者も中にはいたけれどね。特に一時期は日本のトップに立つとまで言われ、晩年は万年幹事長と揶揄《やゆ》された政治家は、新人議員を引き連れて中国詣《もう》でをしていたぐらいだ」

「次期総書記候補を天皇に無理やり引きあわせました」

津村も知る有名な事件である。

「あの一件で、そいつの政治生命が絶たれたんだけどな。日本国民も長い間中国を盲信していたんだよ。政治的に未成熟だったということだ。それでも日本は東日本大震災や原発事故という危機に直面し、何かに気づき始めたと思わないか」

「震災や原発と政治意識の変化に関連性があると」

津村はしばらく考えたが首を捻るばかりだった。

「当事者能力だ。当時の愚かな与党連中が右往左往している姿に国民はノーを突きつけた」

日本国民の政治意識の低さを常々批判していた水原だったが、この時ばかりは溜飲を下げたような言い方をした。

「そういう見方もあるのですね」

津村も分かるような気がした。大震災で多くの命を失った代償に、この国が得たものがあったように思う。

「国民も冷静になったんだ。国を立て直し、様々な脅威から国を守らなければいけないとね」

「これからの対中路線はどうなるのですか」

「消極的な方向で付かず離れずだろう。ただし我々は違う。こういう時こそ世界の膿《うみ》を出し切ることに専念しなければならない」

「強烈な表現ですね」

「民主主義国家にとって、まやかしの共産主義は膿でしかないだろう」

水原はそう断言すると津村の方へ向き直った。

「ところで、だ。君には闇銀行の中で、武器の不正輸出会社に投資している銀行をピックアップして、その背後にあるグループを解明してもらいたい」

経済畑の捜査を任された津村の背筋が伸びた。

中国国内の闇銀行リストはすでに手元にあった。一口に闇銀行とはいうが、その実態は多様である。友好紅軍公司のように、本業は会社の体裁を取っていながら、裏で投資家から金を集めているような会社も多い。

闇銀行からの借り入れに依存してプロジェクトを進めてきた不動産開発業者の多くは、今や破綻寸前だと言われている。破綻した不動産開発業者の自殺も報じられ、莫大な債務返済を逃れるために行方をくらませた企業経営者は一年間で五十人近くにのぼると記事を出したのは、香港の大手新聞だ。

「不動産開発の次に破綻の波がやって来るのは製造業でしょうか」

「おそらくな。国有企業であっても製造業の利幅は極めて小さいから、民間企業に至っては推して知るべしだろう。その上、日本企業の真似をして設備過剰に陥っている中国企業は、景気が悪化すればあらゆる産業で在庫過多になるだろう。製造業は、生産と在庫管理こそが生命線だが、彼らの多くは造りっぱなしなんだ。景気のいいときに借りた資金は、間違いなく返済できなくなる」

「すると闇銀行そのものが苦しくなってくるわけですね」

「闇銀行の中でも投資先の優劣で勝ち組と負け組が出てくる」

「問題となるのは勝ち組の方、ということですか」

「そのとおり。勝ち組は裏で中国共産党幹部と深いつながりがあるからな」

「闇銀行には大別して二タイプあると聞いています」

「委託融資型は、いわゆる高利貸しだ。間に別の企業を噛《か》ませることも多い。理財商品型は、貸出債権を小口化した理財商品で資金を集めて、資金需要者はそこから資金を調達するケースだ」

「理財商品といえば、ええと……」

「高利回りの金融商品のことだな。高利で集めた資金を、不動産投資や建設投資などで、さらに高利で運用する。中国工商銀行など中国の大手四行も、今では理財商品に手をつけているようだから、規制も何もあったものではない」

「どちらのタイプの闇銀行が強いのでしょうか」

「どっちもどっちだろう。理財商品型にしても、最終的に高額なローンの返済は、商品の投資家が行うことになる」

「投資家は黙っていませんよね」

「そこに火をつけるのも一つの方法だね。さあ津村、君ならどこをどう叩く」

闇銀行を潰せば、一部の悪徳企業だけでなく一般の投資家にも影響が及ぶ。その中には、まやかしのチャイニーズドリームを信じて、なけなしの金をはたいて投資した者もいることだろう。

腕組みをして考えこむ津村の背中を水原は軽く押すと、音も立てずに席を立った。

第三章　アフリカの現実

店の壁には、所狭しと抽象的な現代アートが飾られている。奇妙なフォルムの絵画ばかりだが、独特の雰囲気に魅せられて思わず目を奪われる作品が多かった。

北京の片隅にひっそりと開かれた外国人向けのモダンなバーで、ワインを飲みながら美術鑑賞とはなかなかいい趣味かもしれない。

「冴子さん、聞いてる？」

土田に顔を覗きこまれて、はっとした。

「あっ、ごめんなさい。北京に来て大気汚染にうんざりしていたら、こんな素敵なバーに連れてきてもらえて。ありがとう」

「この都市に一年いれば、確実に一年寿命が縮むな。水原支局長も避難命令を出そうかと本気で言っていたよ」

この年の中国の大気汚染は異常だった。上海では視界が悪いために、飛行機が飛ばない事態まで発生しているらしい。

「PM二・五は四川《しせん》を中心に中国国内を覆い尽くしているわ」

「偏西風がうねっているから、今年の冬はとんでもないことになりそうだ。工業用の防塵マスクが必需品になるね」

すでに赤ワインは二本目に入っていた。

「土田さん、来月はどんな予定なの」

「仕事の合間を縫って、冴子さんが羽を伸ばしたというカサブランカへ行こうかな」

「アレクサンドリアじゃないのね。彼女が待っているわよ」

土田がむせ返った。

「どこでそんな話を聞いてきたっ」

「ちょっとね。地元の日本企業の間では知れ渡っているわよ。危ないジャーナリストだって」土田はアレクサンドリアでは職業をジャーナリストで通していたらしい。「あまり目立たないようにね、気を付けて」

「可愛い子なんだけれど、冴子さんには負けるよ」

土田の玄人好きは今に始まったことではない。冴子はそれ以上突っ込むのを止めて仕事の話を向けた。

「中国とアフリカの密着度をさぐるためには、どうしたらいいかしら」

「やはりアフリカ政府に近い協力者を作るべきだね」

「どのルートが一番いいと思う」

「国によるだろうね。元宗主国と上手くいっているところと、そうでないところがあるから。今なら案外ロシアルートかな」

ロシアと聞いても冴子はピンと来なかった。

「アフリカでは、中国以外ならばフランスとイギリスが力を持っているんじゃないの」

「彼らが残したのは言語だけだ。文化と政治に関しては、現地から反感を買っただけだね。ヨーロッパ列強は、アフリカを搾取しようとしか考えていなかったから当然だ」

「アメリカは歴史的に直接関与していないように見えるけれど、奴隷貿易の買い手だったのよね。アフリカの一部には、まだアメリカに対する根強い拒否感があるようだから。オバマ大統領が登場した今日でもね」

「ほら、消去法でもロシアが残るだろう。ペレストロイカ以降のロシアはアフリカと極めて友好的だ。支援の額も大きい」

「なるほど。ロシアの有力者の弱点は何かしら」

冴子はアフリカでビジネスを行っているロシア人をターゲットにすることをイメージした。

「彼らが普段使う手口を逆手に取るのが一番だろうな」

「逆手に？」

「ハニートラップだ」

「私が仕掛けるの？」

「冴子さんのスタイルは日本人離れしてるから。ただスリムなだけでなく、出るところが出ている」

土田はすでに酔いが回っているのか、グラスの水を呷《あお》るように飲み干した。

「目の肥えた方からお褒めいただいて光栄だわ。そういえば、女性こそ内面が美しくなくてはならないと言った女スパイがいたわね」

「ロシア大統領の女じゃなかったか」

「男女のスパイの間に本当の愛情は育つのかしら」

「俺たちで試してみようか」

土田は軽口を叩いたが、冴子は冷めた表情で黙り込んだ。しばらく二人とも口を開かなかった。

「所詮、女スパイのハニートラップに引っ掛かる男なんてエージェントとしても男としても二流だ」

土田は自分の発言をフォローするように重ねたが、

「よく言うわよ」

冴子はあえて投げやりに言い放った。

「まあ、異性の好みっていうのは個人差もあるけれど、国民性もあるからなあ」

何か思い出したのか土田はそう言うと吹き出しながら続けた。

「フィリピンには男の一人客が多い。各国の男どもがフィリピーナを買いにくるが、一番多いのはオーストラリア人なんだ」

「タイで若い男の子を買うのも、オーストラリア人の男が多いと聞いたわ」

「ところが、オーストラリアのおっちゃんたちが好むフィリピーナは、日本人から見ると首を傾げてしまうような顔の子が多い」

土田が再び吹き出したので、冴子は呆れ果てながら土田の横顔を眺めた。

「日本人の男の趣味と全く競合しないから、助かっているという話だ。中国人と韓国人はマナーが悪いから、どこへ行っても煙たがられる。結果的に日本男児はフィリピンで楽しい時間を送れるんだな」

これも土田の経験談なのだろう。冴子が何も答えずにワイングラスを揺らし続けていると、土田がテーブルに肘をつき手で頬を支えるようにして、

「冴子さんは一般的にいえば、いい女の部類に入っていると思うけれど、果たしてそれが相手の好みかどうか」

と言いながら上目使いで見つめてくる。

「ふうん」

冴子は蔑《さげす》むように土田を見下ろした。

「ハニートラップというのは、自己犠牲の上に成り立つものだから」

にやりと笑いながらそんなことを言う土田は、どこまで冗談を続けるつもりだろう。挑発するつもりなら、挑発にのってやるまでだ。

「身体を売ってまで欲しい情報はない、と今日までは思っていたわ」

冴子はゆっくりと唇を開くと、土田に向かって艶めかしく舌を出した。

＊

夕暮れの迫る時間になると、頬にあたる冷たい風が痛いほどだ。

冴子はクレムリンを望む赤の広場を早足で歩きながら、ある男との面談に向かっていた。男は世界中を飛び回る大手化学メーカーのオーナーである。

待ち合わせの場所は、宿泊料が世界で最も高いと言われるモスクワの最高級ホテルにあるバーだった。最上階から見える風景の美しさが、このバーを有名にした。

「スイス人女性が、どうしてアフリカでビジネスを始めようと」

大柄な体軀《たいく》の男は静脈が浮き出るような白い肌をしていた。洗練されたウールのスーツが似合っている。

冴子は男の目を観察した。男は雄のフェロモンを発しながら、冴子の容姿に興味を持っているようにみえる。

「アフリカを育てたいからです」

冴子は優等生的な答えを返してみる。

「育てる？　ボランティアのつもりですか。それはビジネスとは言わない」

「何よりもアフリカに自立してもらいたいのです」

男は首をすくめた。

「多くのアフリカの国は多民族国家だからね。一国家内に四十から五十もの部族が暮らしているということも決して珍しくない。政権を取った部族が、自分の部族に有利な政策を通し、他の部族を弾圧する。すると、他の部族は反政府組織を作り、民族同士の紛争に発展していく。それがアフリカの歴史だということはご存じでしょう」

「どうして紛争にまで発展してしまうのかしら」

「弾圧された部族は、下手をすれば絶滅してしまうかもしれない。命をかけて戦うしかないのだろう」

「馬鹿げているわね」

「そう、実に馬鹿げている。しかし近年、ようやくこのような状況が一変する革命が起こっている」

「革命って」

「ソーシャルメディアの普及だね。この数年、アフリカの途上国でソーシャルメディアが急速に広がっている。一般人が武力以上の力を情報によって得ることになれば、アフリカが変わる可能性はある」

「でも、正しい情報を正しく理解できる能力を持たなければ、情報を武器として使うことは難しいわ。そうこうしているうちにも、リーダーが次々と現れては、好き勝手な制度を立ち上げる。国民はいい迷惑でしょうね」

「それは何もアフリカだけに限ったことではないだろう。アジアのリーダーと呼ばれていた日本はその最たる例じゃないか」

「日本がなぜ」

冴子ははっとした。

「まだ民主主義国家としては未成熟な国だからね。あの国の政治におけるシーソーゲームは外側で見ていてもハラハラするよ」

男は笑った。世界の知識人は日本の政治をそのようにとらえているのだろう。

「確かに左右にブレすぎるわね。あの国の政治は」

冴子は澄まして答えた。

「日本は平和すぎるから、誰が政治を担当しても一緒だと国民が思ってしまっているんだね。日本には平和ボケという言葉があるそうだ。われわれヨーロッパ人からみれば、あの国は極東にある奇妙な完成国家だと思わないか」

「完成国家というと」

「水と安全がタダで国民はお人好し。宗教上の争いもない。仏教、神道、キリスト教をファッションのように信仰しているらしいね。世界中どこを探してもそんな国はないよ。実に不思議な国だ」

そう言ったところで、ようやく男は自分の素性を語り始めた。

「いろいろ話をした後で自己紹介というのも妙な話だが、私は君のようなチャーミングな女性に興味を覚えているロシア男だ。名前はミハエル・ワレンスキー」

改めて渡されたビジネスカードには、ロシアケミカルホールディングスのオーナーと書かれていた。

「私はサエコ・グスタフ。メカニックが専門です」

「どういう分野の」

「タービン関連よ」

「なるほど」

「全てのエネルギーは、タービンなしには作ることができませんからね。この技術でもってアフリカに貢献したいんです」

「アフリカで発電所でも作る気かな」

「発電所を作るのは簡単ですけど、電気は送電という極めて基本的なインフラが必要です。それだけのインフラに投資できる国や機関は限られてきますから」

「その通り。いかに優れたエネルギー関連プラントを作っても、それを運ぶ手立てがなければなんの役にも立たない」

「私が責任者であるプロジェクトでは、アフリカ内の資源豊かな地域で頻発する紛争を停止させ、そこを中心とした都市計画を考えているんです」

「面白いアイデアだが、資源にもいろいろある。石油、ガス、コバルトのようなエネルギー資源に加えて、アフリカには多くの希少鉱物がある。ターゲットにしている素材でもあるのかな」

「石油は魅力がありますね。しかし、現在、世界的な流れは石油よりもシェールを中心とした天然ガスに傾きつつあります」

「シェールガスは、アフリカではまだ採掘がないはずだが」

「でも眠っている場所はわかっています」

冴子の強気な言葉にワレンスキーは興味を持った様子だった。

「そこも紛争地域なのか」

「ええ、残念ながら。私たちには利益を分配できるシステムが必要です」

「スーダンと南スーダンとの国境付近の石油はアメリカの石油会社が発見したのだが、民族紛争でパイプラインが閉ざされてしまい、天然ガスが燃えているだけの場所になっている」

「国連も一時期は逃げ出してしまいましたね」

冴子は知識を総動員して会話を続けた。

「そんなところに投資するつもりなのか」

「我々はリーディングケースになれればいいと思っています。紛争地域に武器を不正輸出している業者や国家には辟易《へきえき》させられているんです」

「おお、ロシアの密輸業者もあなたのプロジェクトに迷惑をかけているかもしれないね。モザンビークの国の紋章には、カラシニコフ銃が描かれているのを知っているかい。アフリカとロシアの軍事的なつながりは強固なものがあるよ。今、モザンビーク軍は旧ソ連製の武器や兵器を使用しているんじゃないかな」

「仲介業者が次から次へと現れます」

「ロシアの武器輸出のうちアフリカへの割合は一〇パーセントを超える。アルジェリア、アンゴラ、ボツワナ、エチオピア、モザンビーク、スーダン等に仲介業者の協力を得て輸出されているはずだ」

「仲介業者はロシアの会社なのですか」

「もちろんそうだ」

「アフリカの多くの国が貧困にあえいでいるのに、内戦や戦争状態の国がかなりあるのは、やはり先ほど言った部族問題が大きいのですか」

「そう思って間違いはないだろう」

冴子は大きなため息をついた。このままでは会話が空回りしてしまう。するとワレンスキーが思わぬことを言った。

「ロシアの有力者の多くは、ロシアの武器輸出に関してあまりいい感情は持っていない。しかし、武器を生産している会社のトップは、ほとんどが旧ソビエト共産党幹部で、それなりの地位にあった人たちで形成されている。形式的に東西冷戦構造は崩壊したように思われているが、露米、露独の関係は決して良好とは言えない。むしろ、現在のほうがよりインテリジェンス活動は盛んになっているかも知れない」

「共産主義の形が変わっただけ、ということですか」

「そう思われても仕方ない。まもなく、中国も同じ結果を招くことになるだろう」

「やはりそう思われますか」

「きっと避けられないね。現に今、国内であれだけの経済格差がついてしまっているじゃないか。共産主義なんて嘘っぱちに過ぎないことを世界に向かって表明しているようなものさ」

「中国がアフリカに進出する理由はなんだと思いますか」

「国内で喰っていけない国民の生活の場を、アフリカに見出そうとしているのだろう。数億人もの国民がまともに生活ができていないんだ」

そう言ってワレンスキーは「当然だ」と付け加えた。

「ところで、アフリカビジネスは」

「本気でやるつもりなのか」

やや強い口調でワレンスキーは言葉を被せて来た。目の奥には優れた財界人特有の強い光が宿っている。

「チャンスではあると思います。リスクも大きいですけど」

「アフリカに自分の名前を彫った記念碑でも立てたいのかい」

「いいえ。最近のアフリカビジネスはアフリカ人を豊かにするものではなく、かつてフランスやイギリスを中心とした西欧諸国があの地を植民地化したように、その蛮行を模倣しているに過ぎないような気がするのです」

「その現状を招いてしまったアフリカの国民自身にも問題がある。教育に全く力を注いでいないからね」

「しかし、そうさせてこなかった英仏などによる植民地政策にも問題があったのではないですか」

「植民地とはそういうものだ。植民地の住民が学び、賢くなれば、不自由な状況に耐えかねて暴動を起こすことになるだろう。植民地という所は資源を搾取する場所なんだ」

冴子が眉を寄せて俯《うつむ》くと、ワレンスキーは冴子の手をとって握った。温かい体温が伝わってくる。

「少し話題を変えよう。私はケンブリッジとイェールで学んだんだ。父親は共産党の幹部だったが、あんな風に生きたいとは思わなかった」

「イギリスとアメリカのエリート大学で学んだことを、今ではどう捉えていますか」

「イギリスの教育制度は、いまだに貴族を中心とする一部のエリートを守るためのものだ。その点アメリカは違う。イェールは世界中の有能な自由人が集まる場だ。やはりアメリカがパワフルで活力溢れる国でいられるのは、根底に優れた能力を評価する自由闊達な教育制度があるからだ」

ワレンスキーは教育アナリストのような口ぶりで言った。

「なるほど、言い当てていると思います」

それからワレンスキーは、自分の生い立ちから学生時代のこと、趣味の旅行の話までを冴子に聞かせた。

「さて、この辺りで話を戻そうじゃないか。アフリカのどこで仕事をするつもりなんだい」

「スーダンよ」

「シェール層の在り処だな」

「はい。石油以上のものがあると思います」

ワレンスキーの眼が光ったような気がした。

「サエコはスーダンだけでなく、スーダンの実力者を知りたいんだね」

「スーダンだけでなく、周辺国家のことも冷静に考えることができる実力者にお会いしたいですね」

「ウガンダ、ケニアを含めてということか。スーダンが面している海は紅海だけだから、その判断は正しいよ。そうか君はウガンダ、ケニアを通すパイプラインもしくは輸送ルートを新たに作り、インド洋へ安全に運び出す手段を講じようと考えているわけだな」

冴子は素直に頷いた。

「アイデアとしては面白いと思う。しかし、それに金を出す国または組織は極めて少ないだろう」

「そうでしょうか」

「問題はウガンダだ。ケニアは政治、経済ともようやく安定し始めている。首都ナイロビは東アフリカの通信、金融の中心都市だし、モンバサは東アフリカ最大の港で、内陸部への重要な入り口だ」

「よくそれだけの知識をお持ちで」

冴子は正直に述べた。

「経済人ならば当然のことでしょう」こともなげにワレンスキーは言うと、さらに続けた。「スーダンといえば、中国が深く入り込んでいる」

「彼らは莫大な投資を行っていますね」

冴子はため息混じりに言いながら、ワレンスキーもまた中国のアフリカ進出を決して喜んではいないと感じた。そこで冴子は言葉をつなげた。

「もし、今の中国の共産党政権が崩壊して、スーダンに対する投資がストップするとすれば、その後のスーダン情勢はどうなると予想されますか」

「再びテロ支援国家として世界を敵に回すことになるだろうな」

「南スーダンの石油は、もともとアメリカ企業が発見したものでしょう。アメリカは黙って見ているかしら」

「アメリカはシェールガスの大輸出国になったんだ。今さらアフリカの石油を欲しがりはしないだろう」

ようやくワレンスキーがビジネスマンの顔になって冴子に応対し始めた。するとワレンスキーが携帯電話を操作しながら言った。

「面白い男を紹介しよう。あなたと話が合うかも知れない。彼はスーダンの経済顧問的な立場にある男で、現政権からも信頼が厚い。彼は中国との経済面よりも、軍事面での関係を案じている。ところでサエコ、君は中国嫌いなのか」

「好き嫌いの問題ではないわ。共産主義国家が信用できないだけ」

「誰も共産主義国家なんて信用していないよ。元共産主義のロシアは特にね！」

ワレンスキーは満面に笑みを湛《たた》えた。

＊

ワレンスキーに紹介されたスーダン人のイウェアラは、見るからに聡明そうな男だった。

「ワレンスキーが女性を紹介してくれたのは初めてのことです」

スーダンの首都ハルツームの中心にある政府のオフィスで、冴子はイウェアラと面談した。

「彼は親切な方で、私のビジネスの相談にのって下さいました」

「それはあなたがチャーミングな方だからと言っておきましょう。ただ彼はビジネスに関しては極めてリアリストなのですよ」

「最初、彼は私のビジネスプランに否定的でしたが、最後には興味を覚えてくれたようです」

「それもまた珍しいことなのです」

イウェアラは笑いながら言った。冴子はすぐに言葉を返すことができなかったが、彼の愛くるしい黒い瞳を見ていると自然と心が和んだ。

「ビジネスの話はワレンスキーさんからお聞きになったのですか」

「いえ、彼はあなたのことしか話しませんでした。美しくて熱心な女性の力になってやりたいと思う男の気持ちは万国共通だ、とね」

イウェアラは今度は声を出して笑った。冴子が笑顔で応えると、イウェアラも柔和な笑みを浮かべて話を続けた。

「ワレンスキーが私に紹介したということは、あなたのビジネスにチャンスがあるからでしょう。スーダン政府は、今や中国の傀儡《かいらい》政権でしかありません。このままでは、スーダンも現在の中国のように、役人のモラルは低く、拝金主義に支配された国になってしまう」

「私もそれを心配しているのです。スーダンには、近隣諸国と一緒になって発展してもらいたいと思います」

冴子はスーダンには大きな期待と希望を持っていると、熱く訴えた。イウェアラは何度も深く頷きながら、冴子の話に聞き入っている。

「あなたの提案は非常に興味深い。輸送のために、海賊の巣である紅海を通らなくていいという利点は大きく、ケニアのモンバサを拠点にできるところに意義があると思います」

「そこで」冴子は本題に入ろうと真剣な表情をつくった。「中国の圧力が問題になってきますね」

「近年、スーダンの豊富な資源に目をつけた中国系企業の進出が著しいですからね。この地で同様のビジネスを始めようとすれば、当然あの国は黙っていません。数万人の中国人労働者を送り込んで来ているわけですから」

イウェアラはそう言いながらも、特に困った顔はしていなかった。

「対中国対策について、お考えをお聞かせいただけますか」

「しばらくは協調していくことです」

「ところで……中国製武器はどのようなルートでスーダンに運ばれるのですか」

驚いたような顔をしたイウェアラだったが、二、三度ゆっくり頷いて語り始めた。

「中国製兵器は二通りのルートで届いています。ひとつは国同士の軍事協定に基づく輸入枠、もう一つは軍が独自ルートで商社を通じて購入するものです。前者は航空機や戦車等の高額なもの。後者は主に銃器や小型ミサイルのような消耗品です」

「一口に消耗品と言っても相当な額になるのではないですか」

「そうですね。毎日の生活に苦労している国民のことを想えば、極めて心苦しい出費ですが、それでも国を守るためには武器は必要なのです」

イウェアラは悲しい告白をするように、一言一言噛みしめるように語る。

「少しでも多くの国民が豊かになることを祈っています。特に、農業はこの国の宝にもなると思いますからね」

「そうなんです。ハルツームより南の白ナイル川と青ナイル川に挟まれた三角地帯は、イギリスの植民地政策による大規模灌漑によって小麦や綿花の大生産地帯となったのです。肥沃なナイル川周辺の農地を使っての小麦、トウモロコシの栽培はアフリカ最大規模でしょう」

「国土の大半が農業に不向きな砂漠地帯の湾岸アラブ諸国は、食料供給地としてのスーダンに期待し、企業による農業投資を行っているとか」

「よく勉強されていますね。実はそこがある意味でスーダンの生命線でもあるのです。裕福なアラブ諸国にとっては、石油や鉱物資源よりも食料のほうが魅力的だということだ」

「主にどちらの国から農業指導を受けているのですか」

「最大の支援国家は日本です。あの集約型農業をもっと広めていけば、スーダンは農業国として安定するでしょう。日本の農業技術の高さは世界でも有数だと思います。個人的に学びたいことは山のようにありますよ。車や電化製品だけでなく、農業分野でも、日本は大きな世界貢献ができると私は信じているのですから」

イウェアラは日本との農業分野での太いパイプを欲しがっている――冴子は大きく頷いた。日本の農水省の窓口を紹介することを条件に、中国製武器の流通状況についての詳細なデータをもらう約束を取り付ければいい。

情報を取るためには、時として善人を前に嘘を積み重ねなければならない。冴子には経験はなかったが、エージェントの中には擬似的な恋愛関係をつくって異性から情報をとる者もいる。「本気にさせても、本気になるな」、それが職務上の合言葉である。

イウェアラを騙していることに後ろめたさを感じながらも、長い目で見れば彼を、アフリカを助けることになる、自分にそう言い聞かせると冴子の気持ちは切り替わっていた。

＊

冴子と土田は、互いに得た情報について意見交換をするために北京支局のデータルームに集まっていた。土田は今夜はここに泊まり込むつもりだという。夜も更けてくると、いそいそとテーブルにボトルワインと枝付きレーズンを用意し始めた。

「冴子さんは？」

「いつものカクテルにしようかな」

阿里山茶にカシスリキュールを注いだカクテルが冴子のお気に入りだ。

「中国の武器不正輸出商社が日本の総合商社なみに多角的に動いているとは思わなかったな」

「資金の流れを摑まなければならないわね」

「すでに奴らの口座を調べているところだ」

「えっ」

冴子は驚いた声を上げた。自分が得た情報の中には武器商社に関する金の流れを示す資料は入っていなかったからだ。

「俺たちにはチームメイトがいるんだ。知らされていないだけで」

第四章　中国外交部長夫人

「岡林先生はしばらく海南島にご滞在ですか」

「今、中国で深呼吸できる場所はここしかありませんからね。三亜は天国だ」

諜報課の岡林剛は今回の中国のアフリカ進出を阻止するためのミッションの中で、津村と連携して理財商品の一部破壊と中国の財務ルートの有力者を協力者として獲得することを考えていた。

「余所はそんなに酷いんですか」

三亜市公安署長の郭《クオ》は眉をひそめた。

「北京や上海に出かけるのは毒を吸い込みに行くようなものですから。それよりも真珠の出来はどうですか」

中国の財務ルートを開拓するにあたって、岡林は賄賂《わいろ》として活用する真珠の生産拡大を目指していた。試験的に始めた養殖が軌道に乗り始め、エージェントとしての活動の隠れ蓑《みの》にもなっていた。

「実は中珠クラスのいい出来に仕上がっています」

郭はこの冬には第一号となる真珠をアコヤガイから取り出すことができそうだ、と嬉しそうに言った。

真珠の光沢は、秋から冬の間に良くなってピンク色を帯びると言われているため、十一月から一月、真珠が最も美しい輝きのときに真珠カゴの引き上げが行われる。

これが上手くいけば、党や警察幹部に賄賂として渡せる。そうすれば、一気に中央進出の目が出てくる。

この時期、中国の首脳が避寒地として三亜を訪れることを岡林は知っていた。

「日本から優秀なスタッフまで送っていただいたのですから、岡林先生には一番出来のいい真珠を謹呈させていただきます」

「僕に気を遣う必要はありませんよ。今度は稚貝の養殖から始めなければなりませんから、その準備を進めましょう。人工採苗から始めて稚貝や母貝の育成に至るまで、最低でも四年はかかりますからね」

「はい、すでに手配しています。人工採苗はまだ委託ですが、今回の真珠が売れたら、もっと本格的な真珠養殖をしたいと考えています。これもみんな岡林先生のおかげです」

満面の笑みで話す公安署長の顔は商売人そのものである。郭はポケットから青いベルベットで覆われた小箱を取り出して岡林に示した。

「どうですか」

岡林が蓋《ふた》を開けると、薄ピンク色をした直径八ミリほどの見事な球体が輝いていた。

「綺麗な色と形ですね」

「すでに中珠になっています。香港の業者に見てもらったところ、この一粒で五十ドルの値が付くということでした。ぜひこれは岡林先生に差し上げたいのです」

「一粒で五十ドルですか……」

日本の買い上げレートからすれば安くはあったが、中国国内の流通価格からすれば充分値が張る。岡林が署長に調達してやったアコヤガイの母貝は二千個もあるのだ。

郭はこみ上げてくる笑いをこらえることができずに、嬉々とした顔をだらしなくほころばせている。アコヤガイを育て上げれば、基本年収の数十年分にも相当し、しかもその一部が自分の将来の昇進と引き換えになるのだ。署長クラスになると、給料以外に少なくない裏金を受け取っているだろうが、それでも年収をはるかに上回る副収入となることは間違いない。

「ところで、この数日間でこちらに保養に来る幹部で、外交関係に強い方はいらっしゃいますか」

「外交関係ならば党本部から張部長《チャン》がいらっしゃる予定ですよ。明後日から奥様同伴で二週間」

「なかなか豪勢ですね」

「張部長は将来のトップ候補です。三亜でも連日首脳との面談が続くので、警察も総動員なんですよ」

郭は困ったように首をすくめてみせたが、嬉しさを隠しきれず唇が歪む。

「署長は張部長と面識があるのですか」

「はい。張部長は年に二度、こちらにいらっしゃいます。そのたびに挨拶をさせていただいています」

胸を張って誇らしげに郭は言った。

「僕も一度お会いしたいものです」

「岡林先生ならばいつでもご紹介いたしますよ。張部長も拳法の世界では有名な方ですから、きっとお喜びになると思います」

「それはありがたい。ならば、先ほどの真珠を張部長に差し上げて下さい。署長に役立てていただきたいのです」

郭は驚きの顔を見せた。

「岡林先生には本当に私欲というものがないのですね。何の見返りも求めません」

「案外、張部長とお会いすることが私の将来に大きな影響を与えるかも知れませんよ」

岡林が笑って言うと、郭は恐縮するように言った。

「秘書官に岡林先生との面談時間を作るように伝えましょう。真珠の養殖の経緯を私から張部長に話します」

「よろしくお願いします」

岡林は青いベルベットの箱を郭に返した。

＊

数日後、三亜市の迎賓館《げいひんかん》で岡林は張に対面した。迎賓館は、党総書記をはじめとする共産党の最高指導者たちが訪れる場所で、プライベートビーチからカジノまである贅沢な施設だ。

温厚そうな笑みを浮かべた張に手を差し伸べられた。色白の小太りで、武術の心得があるようには見えない。

「岡林剛先生の話は深圳市の書記から話を聞いていました。桐朋《とうほう》化学の中国総経理にも一度お会いしたい旨を伝えていたのです」

岡林は民間企業である桐朋化学の顧問でもあるのだ。

握手を交わすと、思ったより握力がある。

「突然の申し入れをお受けいただき、こちらこそ感謝しております。深圳市では余計なパフォーマンスをお見せしてしまい、今となっては汗顔の至りです」

「いえ、象牙の箸《はし》を古い紙幣で真っ二つに切ったという逸話は党内でも有名ですよ」

「それなりの修行を積めば誰にでもできることです」

岡林が目を細めて穏やかな笑顔で言うと、張はようやく握っていた手の力を緩めた。

「お二人とも、ここは道場ではありません」

郭は二人が作り笑いを浮かべながら互いの腹をさぐり合っているとでも思っているのか、緊張から汗が吹き出す額をふきながら言った。

「署長には我々が睨み合いでもしているように感じたのですか。私は武芸者を迎えられたことを喜んでいるのですよ」

張が目に微笑みを浮かべて続ける。「いえ、きっと私はつい緊張してしまったのですよ。時間の許す限り、いい意見交換ができれば」

公式な対談を意味するように、斜めに向かい合った形で話し合いが始まった。

「今日は桐朋化学の社員として対談を申し込んだのではありません。武道を愛し、真の外交に通じた人物と本音の話ができればという、不躾なお願いでやって来ました」

「私も世界中を自由闊達に駆け回っていらっしゃる中国拳法の世界チャンピオンのお話を伺いたかったのです」

二人の会話は良好な空気の中で始まった。

「最初に質問をさせていただいてよろしいでしょうか」

岡林が口火を切った。北京でもそれなりの教育を受けていなければ話せない優美な北京語である。

「どうぞ。まるで師範大学の教授から質問を受けているようです」

張は笑いながら言った。警戒心というものを全く解かれたような雰囲気があったが、プロとプロのせめぎ合いであることを張も暗黙のうちに承知していることだろう。

「今日の質問は三つだけです。最初の質問は、最近中国は人工衛星を月に到達させました。アメリカ、ロシアに次いで三番目のことですが、過去の月面着陸から三十七年も経っています。そこに何かメリットや意図はあるのですか」

「面白いところからお話を始めましたね。月は中国にとって歴史的、文化的に非常に重要な天体なのです。いくら人工衛星を宇宙空間に飛ばしたところで、地球に一番近い天体に到達できないようでは国民の理解を得ることはできません」

「月のロマンチックなイメージが失われ、逆に月餅が売れなくなってしまうのではないかと心配していたのです」

岡林が笑い、張もつられて笑った。

「文化的には非常に大きな意義と問題を共有しています。しかし、科学社会になっている日本でも、いまだに、月見団子や中秋の名月が楽しまれているでしょう」

「蕎麦《そば》に生卵をのせると『月見』というくらいですからね。だから日本は有人ロケットも月探査ロケットも飛ばさないのかも知れません」

「はやぶさのような人工衛星を作ってもですか」

「日本は周囲の国家に遠慮しているのです。もし、日本が本気になって有人ロケットや月面探査を始めたら、戦争を想定しているのかと反発する国家が少なくとも三つは出てきますからね」

「中国、韓国、北朝鮮ですね」

「そんなところでしょう」

　岡林は肩をすくめる。

「中国の科学は物真似や技術泥棒と呼ばれて久しいのです。特に軍事技術に関しては手厳しく言われている。しかし、旧東西関係の中にあって二大超大国を凌駕《りょうが》する国家が現れなかったのもまた事実で、そこに我が国が台頭してきた」

　張が目を細めて言った。

「中国の進歩には目を見張るものがありますが、中でも宇宙開発でしょう。この技術を新幹線にも導入すればよかったんでしょうが」

「ご存じのとおり、我が国の宇宙開発は軍の手の中にあるため、平和利用に転用するのは極めて難しい」

「中国製の新幹線を輸出することはできません」

「そのとおり。我が国の新幹線は日本の技術に支えられていますが、様々な独自技術も組み入れているのですよ」

岡林は同意せず、話題を戻した。

「ところで、もう一度お伺いしますが、中国が人工衛星を月に降ろしたのは特に意図はなかったと考えてよいのでしょうね」

「はい、将来的にこれが戦争に発展するようなことはないでしょう。月は中国の惑星探査への第一歩ということに過ぎません」

「安心しました。次にお伺いしたいのは大気汚染問題です」

岡林の言葉に張の顔が曇ったので、岡林はそのまま言葉を続けた。

「中でもPM二・五対策です」

PM二・五とは大気中に漂う微粒子のうち直径二・五マイクロメートル以下、髪の毛の太さの三十分の一ほどの特に小さいものを言う。主な発生源は工場の煤煙や車の排ガスだ。

「中国では河北《かほく》、山東《さんとう》、江蘇《こうそ》など広い地域で深刻な大気汚染に見舞われている。十数都市で大気汚染指数が六段階のうち最悪の『深刻な汚染』になっているようです」

ようやく張が口を開き説明し始める。

「PM二・五は中国国内だけでなく、日本を含めた海外にまで影響を及ぼしていることは理解しています。党内でも最大の関心事であることは間違いありません」

「対処法はあるのですか」

「北京では車両の排気ガス規制を始めましたが、全国規模となると難しい問題です」

「特に冬場はそうでしょうね。僕は美しい北京の空が好きでしたが、今ではスモッグに覆われてしまい、マスクなしには歩けなくなってしまいました」

「つい先日、北京に集まった党幹部も口にこそ出しませんでしたが、憂いていました」

「口に出さなかったのは、諦めが原因なのか、トップに対する反感と捉えられるのが怖かったのか」

「両方でしょう」

張の顔に困惑と忸怩《じくじ》たる思いを重ね合わせた表情が浮かんでいた。

「事態の回避策はないというわけですね」

「残念ながら」

「ロケットに金をかけるよりも、空気の清浄化に取り組まれる方が先ではないですか。それとも外国からの支援、特に日本の技術投入を待っているのでしょうか」

「ですから宇宙開発は軍の予算なんです。それを簡単に削減できないのはおわかりでしょう」

「軍といえども党の下部組織ではないですか。そして軍人もあの空気を吸っている」

「軍は軍として国家に身を捧げている」

岡林は張の赤くなった顔を見て話題を移すことにした。

「最後の質問です。防空識別圏の問題です」

防空識別圏とは、国防上の理由から設定された国家の制空権域のことである。

「これも軍の判断と言っていいのかもしれません」

「防空識別圏設定で中国を非難する声は、日米にとどまらず、オーストラリア、韓国、台湾、東南アジアやヨーロッパ諸国にも広がったことを受け、中国に態度の軟化がみられたようです。その後米軍の爆撃機や韓国の軍用機が中国の防空識別圏に無通告で侵入しましたが、中国軍は軍用機を緊急発進させるなどの強硬手段を取らず、また中国外務省は各国に抗議すらしませんでした。このことをどう考えていらっしゃいますか」

「中国はウイグル問題、チベット問題に始まり経済格差拡大、貧困層の膨大化、政治汚職など、多岐にわたる問題を抱え、国民の不満を招いています。このため国民に内向きな政治方針を示すと、彼らの不満を正面から受け入れることになってしまう。党としてはそれだけは避けたい」

張はさらりと言ってのけてから、鷹揚《おうよう》に笑い始めた。

するとそれまで岡林の隣で黙って二人の様子を窺っていた郭が口を開いた。

「実は、私は岡林先生のご指導の下で真珠の養殖を始めたのです。そしてこれが収穫の第一号です」郭は紺色のベルベットの箱を二つ、張に差し出した。「どうか今日の記念にお持ちください！」

張が怪訝な顔をしたので、岡林は微笑みを浮かべて首を横に振った。

「この真珠は日本から来たアコヤガイを中国の三亜市で育てたものです。これからの中国を背負っていく方にふさわしい贈り物だと思っています。郭署長には何の下心もありません。この事業が三亜市の新たな産業となるべく、付近の海洋環境保全にお力添え願えればと」

「わかりました。拝見しましょう」

張は岡林に一目置いたようだった。郭の行為は、客人の前で公然と賄賂を渡したと受け取られても仕方ないものだ。岡林はまた意図的に、経営支援でなく、環境保護という名目を使って張を気遣っていたのだ。

張はまず小さい箱を開けた。中には八ミリを超える見事な真珠が付いたカフスとネクタイピンセットがあった。

「うむ、素晴らしい」低い唸り声が出るほどの美しさだった。「確かにこれは三亜市の新たな産業となることでしょう」

もう一つの箱には五十粒以上の真珠でできているネックレスが収められていた。珠の大きさは十ミリを超え色も形も申し分ない。

「これは？」

張の目にやや厳しさが宿る。

「奥様にプレゼントです」

「それは貰うわけにはいかない」

張が語気を強めて言った瞬間、郭は顔色を変えたが岡林は平然と答えた。

「奥様には歩く広告塔になっていただきたいと思ったのです。奥様の美しさは三亜でも有名で、こちらの新聞には張部長とご一緒の写真がよく出ているんです」

張の目に穏やかさが戻り、恥じらいにも近い笑顔がこぼれたのを見ながら、岡林は続ける。

「僕は三亜が好きで、ここに日本人の心のふるさとでもある伊勢《いせ》から真珠貝を持ってきました。三亜の海だからこそ、ここまで育ったのです。おそらく今年は千五百個近い真珠が生産できるでしょう。私は一切経営にも営業にも加担しませんし、一元たりとも利益を得ようとは思っていません。この署長に恩返しをしたまでなのです」

張は目を細めてもう一度真珠を見つめた。

「私たち夫婦が公式の場でこの真珠を身に着ければいいのですね」

「もし誰かがこの真珠を褒めて下さったら、その方にお伝え下さい、『三亜の真珠です』と」

「岡林さんのためにもお役に立てるようにいたしましょう。妻は大の真珠好きなのできっと喜ぶでしょう。もうしばらくここへ滞在するので、ぜひ妻にも会っていただきたい」

れたのだった。

＊

翌朝、張の秘書から岡林に連絡が入った。「今週中に時間を取ってもらいたい」という内容で、迎賓館ではなく、その敷地内にある夫婦の宿泊施設での夕食に誘われたのだった。

約束の日、岡林は青島《チンタオ》から取り寄せた張裕《チャンユー》ワインのシャトー・チャンユー・カステル珍蔵級を当日の新聞紙に包んで手土産にした。

「お招きいただき恐縮です。奥様がワイン好きと伺っておりましたので、中国ワインをお持ちいたしました」

新聞紙に包まれたワインを張の夫人、楊鈴玉《ヤンリンユー》が受け取った。

「真珠よりもワインの方が好きですわ」

甘い声で話す鈴玉に、思わず岡林は息を呑んだ。脳天が痺れるとはまさにこのことだろう。政治力があるとはいえ、この小太りの猪八戒《ちよはつかい》によくこれだけの美女が嫁いだものである。

玄関からリビングまで、足の甲まで埋まるほどの高級な段通《だんつう》が敷かれていたが、リビングの敷物はさらに柔らかい。

「贅を尽くしていますね」

岡林の言葉に張は笑って、

「今日はゆっくりお過ごし下さい。先日の場では聞くことができなかった話もお互いにありますしね」

と言うと自ら岡林を室内に案内した。リビングのソファーテーブルにはお茶の準備がされていた。

「妻は中国茶に凝っていまして」

鈴玉自らワゴンを押してリビングに入ってくる。

「岡林先生はワインにお詳しいのですね。それから、お礼が遅れてしまいましたが、先日は高価な真珠のネックレスをプレゼントしていただきありがとうございました。大切に使わせていただきます」

「真珠は公安署長からのプレゼントです。中国ワインはこちらで習っただけですよ」

「でも……」

茶器を並べながら彼女は続けた。

「張裕ワインのシャトー・チャンユー・カステル珍蔵級は北京か青島でなければ手に入らない種類です。おまけにビンテージも最上級ですわ」

「記念に持っていたのですが、ワインは飾るものではなく飲むものですから、どうせなら心を許した仲間と開けたいと思っていたのです」

「私たちのような者を仲間と呼んで下さるのですか。なんと素晴らしいことでしょう」

ずいぶん芝居じみた言い方ではあったが、それが嫌味に聞こえない。

「ご主人は仕事だけでなく人間的に素晴らしい方であることは先日の対談でよくわかりましたし、奥様が三亜市民からも愛されていることは公安署長からも聞いています」

「署長はお世辞がお上手なんですよ」

「いえ、三亜の新聞がいつも張ご夫妻の写真を掲載していることからもよくわかりますよ」

岡林が穏やかな笑顔で言うと鈴玉はさらりと話題を変えた。

「今日は食前に福建省《ふっけん》の鉄観音茶を準備していたのですが、その味が消えてしまうほどのワインをお届け下さったので、ちょっと珍しいお茶をお出しすることにしますね」

その笑顔と仕草を岡林は可愛いと思った。

彼女が用意したのは雲南《うんなん》省の僻地で採れるという黄金の茶だった。

「福建省の鉄観音にも似たような種類がありますが、この茶ほどの重みがないのです」

茶葉は鮮やかな緑色で細く束のように巻かれている。鈴玉はガラス製の急須に入れて茶葉の開きと茶の出具合を見せようとしたようだった。

茶葉に熱湯を注ぐとみるみる葉が広がり始める。一分ほど待って白磁の茶器に茶が注がれた。まさに黄金というに相応《ふさわ》しい色合いだった。「どうぞ」の声を待って茶の香りを確かめる。岡林は茶器の上に手を被せるようにして、その隙間に鼻孔を当ててそっと嗅いだ。鉄観音に似てはいるが、台湾《たいわん》の阿里山茶にも近い重厚な香りがあった。

「繊細でありながら得も言われぬ重みがありますね」

「そうでしょう」

彼女はククッと笑った。その仕草も声もまた愛らしかった。

茶を口に含むと、一瞬で口腔内に清々しい絶妙な甘さと凜とした渋さが広がる。

口の中で最上級のシガーをゆっくりとくゆらせるように味を確かめて飲み込むと、熱い流れが喉を伝わった。

「言葉に表せません。美味しい、実に美味しい」

「よかったですわ。主人は茶の美味しさがわかりませんの」

「毎日毎日違う茶を飲まされると、何がなんだかわからなくなるだけだ。美味しいものは美味しいと言っているではないか」

そう言って張は黄金の茶を一口で飲み干した。

また彼女がククッと笑った。三杯飲んだところで彼女が言った。

「今日は地元の素材を使った手料理です。岡林先生からいただいたワインには力不足かとは思いますが、今日はゆっくりお過ごしいただきたいと思います」

「メイドはいらっしゃらないのですか」

「彼女はメイドを使いません。社会主義の、それも公務員である私がメイドを使うのはもってのほかと」

張が言う。

「パーティーの時はどうするのですか」

「なるべく自宅では開かないようにしていますが、十人規模でしたら彼女が一人で作り、ホステスもやっております。料理は好きみたいです」

張の目元が優しく笑っていた。

ダイニングに移ると、テーブルには今日の料理のメニューが一流ホテルのレストランのようにカードへ記されていた。

「今日は折衷料理です」

アペタイザーに続きオードブル四種、サラダ、スープ、魚介、口直し、チーズ、肉、デザートというフルコースだった。ワインの種類も料理に合わせて指定されている。

「奥様はソムリエールでいらっしゃいますか」

「いえ、ほんの嗜《たしな》みです」

岡林は鈴玉の横顔を見つめながら、この時ほど張という男を羨ましいと思ったことはなかった。これだけの女性を伴侶に得ることができる男はそういない。

食事が始まった。彼女は気ぜわしくキッチンとダイニングを往復するのだが、よほど手際がいいのか、その間に空白の時間を感じることもない。食事が始まって一時間半が過ぎた頃、口直しとしてシャンパンのシャーベットが出された。

「シャンパーニュ・ドラピエ・カルト・ドール・ブリュットですね」

「すごい。どうしておわかりになったの」

鈴玉は驚いた顔で岡林を見て叫ぶように言った。

「ピノ・ノワール主体の洋梨と薔薇《ばら》が入り混じったような香りが広がりました。この後の張裕ワインにつなげるには最高の組み合わせだと」

「岡林先生には恐ろしくて料理も、お酒も出せないわ」

鈴玉が張に助けを求めるような視線を送ると、張は岡林の顔をまじまじと眺めた。

「これからはあらゆる面で『師匠』とお呼びしたいです」

「一介のサラリーマンをつかまえて、それはやめて下さい。もし今の言葉を日本の外交官が聞いたら、私は即吊るしあげられるでしょう」

「そんなことはありません。妻がこれ程嬉しい顔をしているのを久しぶりに見ましたよ」

鈴玉は顔を赤くして俯いている。可愛い、またも岡林は彼女の楚々とした姿に惹かれる思いがした。

張裕ワインは確かに絶品だった。そしてその味をさらに引き立てたのが肉料理だった。海南島の牛ヒレ肉をポルト酒に似た地元のワインと一緒にソテーし、これに刻んだキノコが添えられていた。

「料理はどこで覚えられたのですか」

「主人は仕事の関係で国内はもちろん、外国も回らなければなりません。主人が仕事をしている間、私は市場に出かけて、その土地々々の美味しい食材や料理法を習うんです。世界中の食材と料理法の組み合わせで我流に作っています」

我流といえど、その完成度は見事としか言いようがない。三亜だけで手に入れた素材を使って迎賓館のレセプション以上の料理を作っているのだ。

「素晴らしい。そうとしか言いようがない。張部長、あなたは実に幸せな方だ」

岡林は心からそう言った。これを張も感じたのだろう、恥じらいの顔を見せる。

「鈴玉には心から感謝しています。そして、彼女の手料理をここまで褒めて下さり、しかも先日は彼女が大喜びした真珠のネックレスまでいただいた岡林先生にはお礼の言いようがありません」

「こちらこそ、あなたのような紳士にお会いできた喜びと、素敵な奥様にお会いできた喜びで、今日は胸が一杯です」

「できればこれからは兄弟のような付き合いをさせていただけませんか」

張の申し出を断る理由は何もなかった。

「ありがたいことです。お兄さん」

「じゃあ私はお姉さんになるの」

鈴玉がすねたように言う。

「今度、岡林先生が三亜に寄贈してくれた真珠の養殖場を見せていただけませんか」

「養殖場は私のものではありません。全て公安署長に差し上げたものですから、署長に言って下さい」

「今回は、岡林先生がご同席されていたので真珠を頂戴しましたが、公安署長からのプレゼントとなると、通常なら賄賂と受け取られても仕方ないものなのです」

張が思い出したように顔に困惑の色を浮かべた。

「それは理解しています。しかし、新たな産業の育成には多大な広告費用の他、特に真珠の養殖のような自然を相手にする産業では徹底した環境保護が重要です。中国随一のリゾート地ですから、進出企業等にはある程度の環境観念はあるとは思いますが、まだまだ一般住民にはその意識が低い。その啓蒙を図るためにも、強い指導力が必要です。生活排水を垂れ流しにしない設備も早急に準備しなければなりません」

「私はそのお役に立てればよいのですね」

「中国国民が安心して寛《くつろ》ぐことができる場所を確保することこそ、これから国家のリーダーとなる方が、早急に着手しなければならないことではありませんか。その衛生、安全のバロメーターが真珠の養殖なのです。水が美しければ、より美しい真珠が採れますからね」

岡林の言葉に張は目を開いた。党幹部の保養地の環境を守るとは、これまで誰も提言していなかったからだろう。

「貴重なアドバイスをありがとうございます」

「こんな楽しい時間を過ごさせていただいたお礼です」

結局、岡林は張の宿泊施設で五時間を過ごした。

その二日後に鈴玉が単独で真珠の養殖現場を見学することになった。


「こうやって真珠はできるのですね」

「サイクルから言えば最低四年かかります。現在は稚貝を購入している段階ですが、近い将来、母貝の採取や人工採苗を始めることができるようになるでしょう」

鈴玉は岡林の説明に聞き入っていた。タートルネックの首元には真珠のネックレスが輝いている。

「ここまでの準備には相当お金がかかったのでしょう」

「ほとんどはリサイクル品ですから費用はかかっていません。稚貝も日本の業者さんから好意で安く譲っていただきました」

「岡林先生の人脈は広いのですね」

二人の横から一歩下がったところで公安署長の郭が緊張して棒立ちになっていた。岡林が気をきかせて話題を郭に振った。

「署長、あとはあなたの腕次第だ。日本からの業者もそうそう頻繁に来て指導してくれるわけにはいきません。地元でいかに労働力を確保し、技術を習得、伝承できるかにかかっていますからね」

「はい。漁業関係者だけでなく、農業者、工場関係者にも少しずつ声をかけています。今現在で二十五人は確保しているのです」

郭の緊張しきった声を落ち着かせるように鈴玉が微笑む。

「成功を祈っていますわ。警察の仕事も大変でしょうから、いい技術者が現れるといいわね」

「自然が相手ですから、片手間にできるほど甘い仕事でないことはよくわかっております。おかげさまで私は起床が二時間早くなりました」

郭の生真面目な言葉に岡林は吹き出した。

「ところで、このたくさんの貝の中から、どのくらいの割合で真珠はできるのですか」

「半分は死んでしまいます」

「えっ、そんなに」

「そして、今、奥様がつけていらっしゃる花珠と言われるクラスの真珠は全体の五パーセントくらいでしょう。真珠として商品価値があるのは全体の三割弱ですね」

「本当に高価なものをいただいてしまったのですね」

「ですから価値があるのです。ダイヤモンドにしても原石から一級品になるのは一パーセントにも及びません。生き物を殺してしまうことにはなりますが、貝殻を再利用すれば全てがゴミになるわけではない。真珠はありがたい宝飾品なのです」

「そう考えればいいのですね」

「自然環境だけは保全していただきたい」

「よく理解できました。今後、真珠が市の産業になるのでしたら、それなりの支援や投資も必要となるでしょう。私からも市の書記に強く要望しておきます」

これを聞いて岡林はハッとした。彼女はただの夫人ではないのではないか……。

真珠養殖場の視察を終えると、郭は署に戻り、鈴玉と二人でホテルのラウンジでアフタヌーンティーを愉しんだ。

しばらくして思わぬことを言い始めた。

「実は、私と主人の間には子供がおりません。彼の一人息子は死別した女性の子供なのです」

「一緒に生活はされていらっしゃらないのですか」

「彼の息子は今、十七歳でイギリスの寄宿舎に入っています。将来、中国に帰って来るのかどうかもわかりません。私と主人が結婚したのは五年前。彼の息子がちょうど寄宿舎に入る歳でした」

「前の夫人が亡くなったのはいつです」

「結婚する二年前です。彼の息子は私と主人の結婚をまだ受け入れられずにいます」

「なるほど」

岡林は彼女が明るく振る舞う裏に、家庭内の寂しい事情があることを知った。

「主人は時間が解決してくれると言っていますが、息子はイギリスに追い出されたと思っているに違いありません」

「奥様はイギリスには行かれないのですか」

「それは中央が許してくれません」

「息子さんが帰省することは？」

「年に一度は帰ってきていますが、私には会ってくれません。主人の実家で主人と会っているようです」

鈴玉は視線を落とす。

「ところで、立ち入った話を伺いますが、奥様とご主人の出会いは」

「私が党の中央政治局で働いている時に知り合いました。彼が党の中央委員に選出された時です」

「奥様は中央政治局で働いていらっしゃったのですか」

「私は一般の事務でしたが、父は中央政治局委員でした」

彼女は党の大幹部の子女だった。

「失礼とは思いますが、奥様はどちらの学校を出ていらっしゃるのですか」

「私は北京大学経済学博士です」

「博士号をお持ちとは」

「岡林先生は東京大学法学部のご卒業でいらっしゃいましたね」

岡林は背筋に寒いものを感じた。どこまで調べられているのだろう。

「なんとか卒業しました」

「法学部でも化学会社に入られたのですね」

「法学部といっても、政治学科だったので法律はあまり詳しくはありません。武道の先輩からリクルートされたのです。中国語ができるというだけで入社しました」

「先生の中国語が本当に流暢《りゅうちょう》なのは、中国拳法からスタートされていたからなのですね」

彼女は楽しそうに笑った。岡林はタイミングを測って話題を元に戻す。

「その、張部長から猛烈なアタックがあったのでしょうね」

「父は反対していました。年齢も十五歳違いますし、お子さんもいらっしゃる。でも私は彼が外交部員だったので彼に興味を持ったのです。私は外国に憧れていましたから」

「なぜです」

「大学で経済を学べば、社会主義というものがどれほど幻想的なものかは理解できます。しかし、この国の体制がそうである以上、着地点を見出さなければなりません。国内ばかり見ていても仕方がないと思って」

「なるほど。世界の中でどこに興味があったのですか」

「アメリカと日本とドイツです」

「日本ですか」

「日本もドイツも戦争で負けて、そこから復興した国です。そして日本はアジアの国でしょう。興味を持たないほうがおかしいわ」

「しかし、貴国には根強い反日感情がある」

「国家が煽っているだけ。そうしなければ、国民の不満は党に集中してしまうでしょう」

岡林は冷静に聞いていた。いくら北京大学で博士号を取得していても、そこまで冷静に国内経済だけでなく政治情勢まで見通すことができるだろうか。彼女も岡林の表情が変わらないことを悟っていたかのように、聡明な目で岡林をとらえながら話を続けた。

「北京大学には世界中から留学生が訪れています。ヨーロッパやオセアニア、アメリカ、アフリカとたくさんです。日本人も少しですが学んでいます。彼らの国の話、写真、ビデオを見て話を聞くだけで、世界の水準がわかります。日本の東京の地下鉄の時刻表を見てびっくりしたことを覚えています。『日本の電車が遅れないことは不思議だ』とアメリカ人が言うと、ドイツ人が『ドイツ国内だけならうちだって遅れない。しかしインターシティーだとイタリア、スペインなどを経由してくるから遅れるんだ』と憤慨して言ってました」

「あはは、それはよく聞く話です」

「ただ、私は自分の目で見てみたかったの。肌で経験したかったの」

岡林は鈴玉の言葉が突如、くだけた口調に変わったのを見逃さない。

「何ヵ国くらい回ったのですか」

「二十一ヵ国。結構回ったのよ。ヨーロッパはほとんど。アメリカ、ロシア、日本、韓国にも行ったわ。ドバイやシンガポールにも」

「印象に残った国は」

「アメリカと日本。でも、アメリカはヨーロッパ同様やはり人種差別があった。スイスの空港でさえ人種差別を感じたわ」

「白人国家は仕方ない」

「イスラム国家は女性差別があるから、女としては辛いものがあったわ」

「すると日本はいい国だったということなのかな」

「とってもいい国だった。人は親切だし、街は綺麗だし、電車の椅子は柔らかいし、空気も水も美味しい。あの国に実際に行ってみると、あの国の人が戦争をしようとは考えないような気がするの」

「ほとんどの国民はそう思っているし、積極的に戦争を仕掛けようと考える政治家はゼロと言っていいだろうな」

「私、靖国神社にも行ったの」

「珍しいな」

「行ってみなければわからないでしょう。罪もない多くの若い命が失われたのは悲しむべきことだし、あの神社で日本人が不戦の誓いを立てるのは悪いことではない。でも、やっぱりそこには理解し難い一線があったのは確か」

「靖国神社に問題が内在しているのは確かだ。日本の政治家がアメリカのアーリントン国立墓地を訪問するのと同じように、アメリカの政治家が来日した際には千鳥《ちどり》ヶ淵《ふち》の戦没者墓苑を訪れて献花していく。しかし、慰霊碑というのは単なるモニュメントに過ぎない。亡くなった方々の御霊が安らぐことができる場所ではないんだ。ただ、靖国神社の場合は戦没者追悼だけでなく、戦死した軍人を賛美するために作られ、戦争動員のための役割も果たしてきた。あなたが感じた違和感はそこにあるのかもしれない。次の戦争への動員を可能にする手段としての追悼施設がまさに靖国神社だったのかもね」

「まさにそこなの。『靖国で会おう』と、国のために命を捧げた行為は、戦争という特殊な事情があったとしても、殺された人たちがたくさんいた事実は消えない」

「国家というものがある限り、それはやむを得ないことなのかもしれない。ただ、貴国をはじめとする日本の周辺国が日本の軍国主義化に異を唱えるのは筋違いというものだと思う。今、国家の命運を懸けるような戦争になれば間違いなくそこに核が使用されるはずだ。ナショナリズムなんて瞬時に吹き飛んでしまう。貴国は核を保有しているが、我が国にはそれがない。歴史的に外交下手な政治家が多い日本であることは認めよう。しかし、歴史認識というものは一朝一夕に変わるものではない」

「日本国と宗教の関係は」

「総じて日本の為政者は政治に宗教を利用してこなかった」

「明治維新以後の神道は違うのですか」

鈴玉は真剣な顔をして、学生が教師に訊ねるように質問を重ね始めた。

「天皇制の強化はあったとは思いますが、神社参拝を国家が強要したことはないはずです。確かに国家神道として護国神社は国民統合の精神的な支えとして、当初は鎮魂を目的としたものが、やがて慰霊から顕彰へと展開し、ついには戦死者を英霊として祀《まつ》るようになっていったのです」

岡林もつられて居住まいを正す。

「天皇に戦争責任はなかったのですか」

「難しい質問です。しかしその当時の昭和天皇は崩御されましたし、極東国際軍事裁判でも結果的に天皇の政治責任が問われることはありませんでした。現在の多くの国民も追及しようとは思っていません」

「中国人が毛沢東の失敗を追及しないのと同じなのかしら」

「それは違うと思います。今なお中国の政治体制は毛沢東が築いた共産党一党独裁を堅持しているのですから」

岡林は真実のすり替えをさせてはならないという姿勢を貫いていた。すると鈴玉はまるで独り言を言うかのようにつぶやいた。

「岡林先生には特定の女性はいらっしゃらないの」

「いませんね。どうやら僕の性格が歪んでいることに原因があるらしいのです」

「先生の性格が歪んで……」

鈴玉は怪訝な顔をして岡林を眺め、やがて声を出して笑ったが、岡林は表情を変えず生真面目な表情を崩さない。

「私が先生にお会いするのはまだ二度目ですが、先生ほど魅力的な男性はそういないと思います」

鈴玉に正面から見据えられ、岡林の胸はざわついた。鈴玉の瞳は岡林の心の中を見透かせるかのようだ。岡林は鈴玉の好意が嬉しくもあり、恐ろしくもあったが、自分の外耳から首元までが赤く染まっていることには気づかなかった。

「生まれて初めて、女性からそのような言葉をいただきました」

「日本の女性はどこを見ていらっしゃるのかしら」

「海外生活も長いのですが」

岡林に落ち着きが戻ろうとしていた。しかし、鈴玉はその余裕をあっさりと奪っていく。

「私は先生に一目惚れしてしまったみたい。今でも動悸が早くて困っています」

「……僕にはその対処方法はわかりません。あなたが知的で魅力的な女性であることは明確です。しかし、あなたは僕のような一介のサラリーマンがお相手できる女性ではない。あなたは政府の重要な地位にある方の奥様です」

「お相手ってどういう意味ですか」

「今日はたまたま真珠の養殖場をご案内させていただきましたが、本来ならば身分不相応だということです」

「でも、主人でさえ先生と兄弟の付き合いをしたいと申しておりましたでしょう。私は先生の妹分でもよろしいのですよ」

「とんでもない」

この美貌と知性に恵まれた女性の本心が知りたい。

「奥様と張部長の関係は良好ではないのですか」

「いいえ。普通の夫婦だと思っておりますわ。私は主人を尊敬しておりますし、主人もまた私を大事にしてくれます」

「それなら、一目惚れなどという言葉を異性に使わない方がいい」

「結婚をしている女は恋愛をしてはいけないのですか。結婚は恋愛の終着点なのですか」

鈴玉の意図は岡林をハニートラップにかけることなのか。

「それをおっしゃると話が振り出しに戻ってしまう。あなたはご自分の美しさやその魅力の表現方法を熟知していらっしゃるはずだ。あなたが接した世の中のほとんどの男性は、あなたに好意を持ったはずです。それをお気付きにならないはずはない」

「先生がおっしゃることの意味はわかります。でも、それとは話が違うのです。私自身が好きになるかどうかの問題なのです。私は先生を一瞬のうちに好きになってしまったのです」

岡林の逃げ場がなくなっていた。次の言葉が出てこない。これがハニートラップだとしたら、自分は大変な窮地に陥ることになる。岡林は努めて冷静に鈴玉の動きを観察したが、そこに虚を見出すことはできない。

「僕も今のままではすぐにあなたへの愛慕に陥ってしまうことになりそうです。しかし、そうなってはいけない」

「先生に余計な思いをさせてしまっているのでしょうか」

鈴玉はこの時初めて恥じらいの表情を見せて頬を少し赤らめた。

その微妙な変化を見て、岡林はおそらく彼女はこれまで何でも思い通りになる人生を歩んできたに違いないと感じた。そう思うと岡林の心に余裕が出てきた。相手は十代の小娘ではない。利用させてもらうだけだ。岡林は優しい目つきになった。

「人を好きになることは決して余計な思いではありません。むしろ、幸せな気持ちですし、あなたのような素晴らしい女性から、その美しい声で心の中を告げられて幸福感を覚えないはずはありません。僕は今、これまでの人生で味わったことがないような幸せを感じています。でも、それを素直に受け入れることができない社会的環境にあることは聡明なあなたならわかるはずです」

「確かに今の立場で告げる言葉ではないことはよくわかっております。でもそうなってしまった自分を抑えきれないほどの昂ぶりがあったことをわかっていただきたいのです。あなたに振り向いてもらいたいの」

「振り向くどころか、ずっとあなたを眺めている。おそらくあなたと共にいる限りこの感情が変わることはないでしょう」

「私はこれからどうすればいいのかしら。主人を心のなかでは裏切ってしまっている自分が怖いわ」

「ふと湧き出た気持ちを吐露しただけで裏切りにはなりません。それだけあなたが純粋で素直だということです。もちろんその気持ちを張氏に伝える必要もありません」

「これは思いつきでもなんでもないのです。あなたにお会いして数日ですが、ずっと考えていました」

「人生の中で数日というのは、ほんの僅かな瞬間に過ぎません。明後日、僕が香港に行ってしまえば、数日で今の感情は消えてしまうかも知れない」

「明後日、先生は香港に行かれるのですか。私も香港に参りますのよ」

鈴玉の目が輝くのを見て岡林は俯いた。

岡林はすでに張の日程を調べあげていた。偶然を装うことは、公安警察が相手の懐に入り込むための手法として、最も得意とするところである。それは優れたマジシャンが観客の心理を読んで言葉と技を駆使するのに似ていた。

「やはりご縁があるのでしょうか。僕も怖いです」

「宿泊先はどちらですの」

「ペニンシュラです」

「主人は二日間香港で仕事をして、その後は私を残して深圳市に参ります。三日間、私は香港で一人なのです」

鈴玉の目は歓喜に満ちている。岡林はその様子を冷静に眺めていた。

「でもあなたをたくさんの公安が警備するでしょう」

「香港は私の出身地。両親もいまだに健在で香港で暮らしています。実家に帰れば、いつでも抜け出すことはできます。実家には非常用の脱出口があるの」

「いつでもその準備をされているわけですね」

「それがこの国の残念なところです。権力闘争というのはリタイアしてもつきまとうもの。おまけに娘が政府関係者と結婚しているのですから」

「ご両親は完全にリタイアされていらっしゃるのですか」

「父が会社を経営しております」

「中央政治局委員をなさっていたほどの方ですから、先見性のある業種なのでしょうね」

「環境ビジネスです。その業界に関しては主人も非常に興味を示しています」

「ほう、僕の仕事ともご縁があるのは嬉しいですね」

「父の会社が日本の技術を欲しているのは確かです。日本は工業先進国の中で公害を克服した代表的な国家ですから」

張が岡林を歓待する背後に、この技術導入の目論見があるのではないか。

「中国は国家企業と私企業の間に協力関係がないのが弱点です。加えて外国との合弁会社を創る際にも、急速な発展と利益優先に固執する結果が現在の公害を招いたと言っても過言ではないと思います。これは特に沿岸地域から経済的に取り残された内陸に顕著で、国家政策として早急に見直さなければなりませんね」

「日本はこれを手助けはしてくれないのですか」

　鈴玉はすがるように言う。

「中国が領土問題を持ち出し、歴史認識を問う限り無理でしょう」

「我が国が身勝手過ぎるということですか」

「環境問題は負の事業です。中でも生活に最も密着した空気と水の浄化には想像以上の金がかかります。成長を一時断念してでも、将来に禍根を残さない政策を国家として推し進めない限り、先進国はこれを手助けすることはないと思います。さらに言えば、先進国が行っている環境ビジネスをトレースし、メイドインチャイナとしてアフリカなどに持ち込まないことも重要でしょう」

「日本で言う『パクリ』ですね」

　鈴玉は口を歪めて自嘲的に言った。

「今後中国が知的財産権という世界規格を、あらゆる部門で徹底しなければ、世界の中で孤立化して行くことでしょう」

「孤立化ですか」

「国内で一党独裁する感覚と、世界のリーダーになることには自ずと違いが出てくるのです。少なくとも、現在、国連安保理で常任理事国の地位を築いたのは中華民国時代の中国であって、中華人民共和国ではなかったということです」

はっきりと断言する岡林の顔を鈴玉は驚きの顔で見つめている。しかし、岡林は動じない。鈴玉の反応を確かめながら岡林は続けた。

「中国の環境問題、とりわけ大気汚染は日本にも影響を及ぼしています。このため、日本の政治家や学者の中にもこの分野で中国を支援すべきと主張する者もいます」

「ありがたいことです」

「そう。『ありがたい』という気持ちを中国国民の何パーセントが持ってくれるのか。中には大気汚染の原因まで日本の責任と論じる中国メディアがありますね」

「恥ずかしいことですが、教育を受けていない国民が大多数であることを理解していただきたいのです」

「それは領土問題や歴史認識でも同じです。ご都合主義では外交も経済も先に進まないことを、貴国のトップは十分に分かっている。もう、恫喝だけでは誰も耳を貸しません。歴史的に中国は日本にとって兄の国なのです。それを否定する日本人はまずいないのですから」

鈴玉に困惑の表情が消えることはなかったが、懸命に何かを訴えようとするような目の潤みがあった。

「こんな話は、今日、明日に結論を出す問題ではありません。特にあなたとの間ではね」

鈴玉の顔に笑顔が戻ると、

「お力をお借りしたい」

一言だけ呟くように言った。

岡林はゆっくりと頷いた。

*

課報課は自らが保有する企業名義で、ザ・ペニンシュラ香港のスイートルームの一室を年間契約で借り上げていた。

岡林は一週間の使用許可を取った。最終日は榊冴子の名前で予約が入っていたが、頼み込んで一日遅らせてもらった。

「榊、悪いな」

「岡林さんが、まだこちらにいらっしゃるとは思いませんでした」

「ずっと遊んでいたわけじゃない。そもそも俺は北京支局の人間じゃないからな」

「すると今回は後方支援ということですか」

「俺は今独自に動いている」

「私も活動中ですよ。それにしても岡林さんの行動はいつも謎です」

「お互い様だろう」

ペニンシュラのルームキーを受け取りに来た岡林は、諜報課の香港分室の会議室で冴子と出くわしていた。

冴子にとって岡林はまだ理解できない存在である。何と言っても初対面のインパクトがあまりに強烈だったからだ。深圳経済特区主催の歓迎レセプションで「ゴッドハンド」と称された岡林のパフォーマンスには、さすがの冴子も背筋が凍るほどの衝撃を受けていた。警察官僚から民間に身分を変えていたかと思うと、いつの間にか諜報課のメンバーとして冴子の相棒である土田の命を助け、そしてまた忽然と姿を消した。しかも、海南島で起こった基地爆破事件も岡林の単独工作だったらしい。

しかし岡林が何の目的で再び中国に入っているのか、それを聞くことはエージェントとしてためらわれた。聞いたところでどうせはぐらかされるに決まっている。

岡林は情報デスクのコンピューターを短時間操作すると、「じゃあな」と軽く手を上げて分室を出て行った。

冴子にとって当面の課題は天然ガス資源が豊富なモザンビークと、石油、シェールガスが豊富な南スーダンに加え、ウラン鉱の産地であるナミビア、ニジェールの情報を集めることだった。

どの国も直接、間接的に中国との縁は深い。特にモザンビークに対して中国は、胡錦濤《こきんとう》国家主席が直接訪問するほどの積極的外交を行っている。ナミビアとニジェールに関しては両国に産出するウラン鉱と密接に関係していた。

「中国はアフリカに原発を作ろうとしている」

冴子がロシアの若き富豪、ワレンスキーとカサブランカで二度目の面談をした時にこっそり知らされた情報だ。

「でも、原発を保有する国の資質として安定した政情は必須ではないですか」

「確かに。今のアフリカのウラン産出国の政情を考えると極めて厳しい」

「それでも当事国は原発を欲しがっていると」

「エネルギー問題はどこの国においても喫緊の問題だ。特に開発途上の国家にとって電気の確保は今後の成長を考える上で不可欠だ」

「中国は何を考えているのかしら」

「同盟国、それも核を保有した強力なバックアップ国家だな」

「そんな」

冴子にワレンスキーの言葉が重くのしかかってくる。

「しかし、中国の原発建設工法は非常に危うい。アフリカのような大地溝帯が存在する地域で同様な工法を取ったら、大惨事が起きるまで十年とかからないだろう」

「原発の工法ですが、どこの国の技術が一番優れていると思います？」

「耐震性を考えると日本だ。だから中国はその工法が欲しくて仕方がない。おそらく、日本の工法を手に入れる策を打っていることだろう」

初めて耳にする情報だった。確かに日本は原発の輸出を考えている。ベトナム、トルコに対する輸出協定はその一例だ。

「日本の技術が優れていることはわかるけど、まさか中国に輸出することはないでしょう」

「それは当然だが、問題はベトナムだ。ベトナムは社会主義共和制国家だからな。中国との間で領土問題を含めた様々な外交問題を抱えてはいるが、同じ共産主義国家であることは変わりがない。両国間で何らかの協定ができた時に原発問題がターゲットになるのは間違いのないことだ」

中国が南沙諸島と西沙諸島を含む南シナ海の島嶼《とうしょ》部を「三沙市《さんさ》」と勝手に宣言したことで、ベトナム国内では反中国意識が高まっている一方で、陸続きの中国からの流民は激増している。

「すると、将来的に日本の技術が中国製になってしまう可能性があるということね。日本の新幹線技術のように」

「あの国の得意技だからな。もう一つ、原発には使用済み核燃料の処理問題が絡んでくる」

「現状では、原発の放射性廃棄物は建設国が全部引き受けることになっていますが」

「そのとおりだ。最終処分場を持たない国が建設を推し進めること自体に問題があるのだが、アフリカで発生した使用済み核燃料をどこに運ぶのか。アフリカに最終処分場を建設するのか。そこまで考えた議論になっていないのが恐ろしい」

ワレンスキーの心配はどうやらそこにあるようだ。冴子もまた原発問題に関する自分自身の無知を恥じるしかなかった。

「モザンビークと南スーダンは自分の目で見てきましたが、ナミビア、ニジェールの両国にはまだ足を踏み入れていません」

「どちらか一つは見ておくことだな」

ワレンスキーは強い口調で言った。

アフリカ五十四ヵ国の地理と情勢はだいたい把握している冴子だったが、それぞれの国に入る交通機関までは未把握だった。

ナミビアに入るには隣国の南アフリカから北上するのがベストだろう。鉄道はつながってはいるものの南アフリカ北西部の観光地であるアピントンまでの直通運転の列車しかない。また、ナミビア国内での移動はレンタカーが便利だが、道路整備ができているわけではない。

一方、ニジェールに入るには隣国のナイジェリアから北上する経路がベターだが、空路となると料金と便数の問題がある。

南アフリカ、ナイジェリアというGDP上位国である隣国がイギリスを旧宗主国とするのに対して、ニジェールはフランス、ナミビアはドイツが旧宗主国だ。ナミビアの独立が承認されたのは、一九九〇年のことである。ニジェールは元々はナイジェリアと同じ地域を指していたが、宗主国の違いからアフリカ第三位の経済国と世界の最貧国に分かれてしまっている。

「アドバイスありがとう。自分の目で見てきます」

冴子はそういうと翌日にはケープタウンに飛んでいた。

第五章　情報戦

ナミビア中部の海岸に近いロッシング鉱山は、オーストラリアに本拠地を置く多国籍企業が七割近い所有権をもっている。鉱山の寿命は、あと十数年らしい。

一方、中国が開発しているフッサブ鉱山はナミビア中西部ナミブ砂漠にあり、世界第三位のウラン鉱山である。

冴子はケープタウンに一泊した後、エアナミビアに乗ってスワコプムントに近いウォルビスベイ空港に向かった。

フライト時間は約二時間。国境を越える頃から窓の外には砂漠が広がる。砂漠の真ん中にできた空港は信じられないような粗末さで、格納庫を改造したような空港ターミナルだ。

冴子は入国審査の際、入国理由を観光としていたが、イミグレーション担当者は滞在期間が三泊四日という短さであることを厳しく突いてきた。それでもスイス国籍で、ドイツ語にも堪能な美貌の女性の一人旅だということで、不機嫌を装いながら入国を許可してくれた。

スワコプムントの街並みはドイツの田舎町を思い起こさせ、想像以上にきれいで清潔である。道路にはゴミ一つ落ちていない。かつて駅舎だったものを利用した、歴史あるホテルは風格さえ感じさせる美しい建物だった。

冴子はホテルで四駆のレンタカーを調達し早速フッサブ鉱山を目指した。

砂漠の中に往復二車線の舗装された国道が伸びる。路面を覆う砂埃を巻き上げながら平均時速百五十キロで爆走すると三十分足らずで目的地付近に着いた。国道の右手に広がるウラン鉱山付近には放射能標識が立てられ外部からの侵入を拒絶している。

冴子は国道から鉱山を見下ろすことができそうな小高い丘に向け砂漠にハンドルを切った。砂漠を車で走るにはそれなりのテクニックが必要である。特に登り斜面は、後輪が埋まらないように気をつけなければならない。重い半クラッチ状態を続けながらゆっくりとハンドル操作をする。幸い、このあたりの砂は雨季明けで湿り気がある。ドバイやシリア、サハラを走った時と比べれば運転は容易だ。

「これがウラン鉱ね」

丘の上から鉱山を一望する。一辺四キロはあるだろうか。「東京ドーム何個分」という単位の広さではない。

「露天掘りというのはこういうものをいうのかしら」

すり鉢状に掘り下げられた採掘場の中心部で、幾つもの大型ユンボで掘り出された鉱石が、巨大なタイヤを付けた大型ダンプ数十台に移されている。運びだされた鉱石は、採掘場の入り口付近の建物の中に移されていくから、そこが粗製錬工場であることは明らかだ。工場のほとんどはウラン鉱山に併設されているのだ。

粗製錬工場でウラン鉱石は細かく砕かれた後、硫酸で溶解するなど様々な化学的手法を用いて不純物を取り除かれ、ウラン含有率を高めてウラン精鉱になる。このウラン精鉱はイエローケーキとも呼ばれ、国際取引の対象となる。

三十分ほど鉱山を観察して冴子はスワコプムントの街に戻る。

海岸沿いには洒落たレストランやバーがあった。

南大西洋を眺めながらシーフードレストランでワインを飲むことにした。桟橋の先に建つレストランは繁盛していたが、運良く窓際の二人がけの席が一席だけ空いていた。

ケープ・リースリングで喉の渇きを潤しながら、エビをつまむ。日本の港近くで出すような串にさした車海老に似ているが、焼いた後にガーリック風味のオリーブオイルがかけられており、実に美味しい。

「ハワイのフェイマス・カフク・シュリンプ以来の感動だわ」

黒人のウェイターは意味がわからなかったらしく、愛想笑いを見せただけだったが、後方の席に座る男が相槌を打つ。

「ハワイのノースショアへは、サーフィンの大会で何度か行ったよ。カフクのシュリンプは店によって味付けが違うけど、あのワゴンは最高の味だね」

冴子は無視を決め込もうかとも思ったが、男がそれなりの服装をしていたため、ワイングラスを持ち上げて愛想よく笑ってみせる。すると男は立ち上がり、冴子を自分のテーブルに誘った。冴子は丁重に断ったが、男がなかなか強引だったため、渋々ワインボトルを持って席を移る。

「君が飲んでいるワイン、うちの国ではクレア・リースリングっていうんだよ。アロマが豊富で食前酒にはピッタリだ」

冴子はその呼び名を聞いて、男がオーストラリア出身であることがわかった。

「オーストラリアはどちら」

冴子のブリティッシュイングリッシュを聞いて男は微笑んだ。

「よく国が分かったなあ。出身はシドニー。大学はオックスフォードだ」

聞きもしないことまで答えた男は、自分がただの観光客ではないことを知らせたかったのだろう。

「君は一人で旅行に来ているのか」

冴子の身なりはどう見ても観光客だが、靴は砂漠を歩くための本格仕様である。

「友人と待ち合わせなの」

「ここで？」

「友人が来るのは明日。今日は海を見に来ただけ」

冴子は丁寧ではあるが、言葉の端々に刺を含んだイントネーションで答えた。

「警戒するのはわかるが、僕は仕事でここに住んでいるんだ。だから悪いことはできないんだよ」

男は冴子の警戒心を解こうと懸命だ。冴子は口調を変えて尋ねた。

「オーストラリアの方がナミビアで何のお仕事をされていらっしゃるの」

「ウランだよ、ウラン。わかるかい」

「原子力発電のウランのことかしら」

「ご名答だ。素晴らしい」

男は会話がようやく成立したことが嬉しかったと見えて、冴子の方に体を寄せてくる。

「もう少しで陽が落ちるから、それまではゆっくり見物させて」

男は納得したように大袈裟に頷いて「ごゆっくり」と笑顔で言った。

赤く染まり始めた水平線を背景に数百羽はいようペリカンの大群が南に飛んでいく。

しばらく冴子は夕日に見入っていた。カサブランカよりもさらに空気が澄んでいるように感じる。陽が落ちて群青色に変わっていく空には、次第に星がきらめき始める。

三杯目のワインを自らグラスに注いだ時、おもむろに声が掛かった。

「ナミビアの夕日を堪能できたかな」

「ええ、最高ね」

「海岸近くでマゼラン星雲を見ることができる場所は地球上でも限られているからな」

「マゼラン星雲まで見えるの」

「新月の時が一番だが、日没から月が出るまでの間に見ることができるよ。サザンクロスと共に味わっておくべきだよ」

男は星の話に飽きると、冴子の素性を詮索し始めた。

「スイスからビジネスに来ているのか。ここでできる仕事は観光とウランだけだ」

「そんな感じね」

「タービン関係なら、ウランの精錬にも使えるはずだが、ここの権利は中国に譲ってしまったからな。中国人と仕事をするのは面倒だよ」

男はため息をつく。

「この街にチャイナタウンができないことを祈るだけね」

「君はなかなか面白いことを言うね。東洋人の血が混じっていそうだが、ジャパニーズかい」

「よくわかったわね」

「日本人は他の東洋人とは違うからな。オーストラリアでも白人と同じ扱いだ」

「白人に準じている、の間違いでしょ」

冴子が軽く言い放つと男は強く否定した。

「いや、多くのオーストラリア人は日本人を理解しようとしている。同じ経度上にある国だしな」

「リタイアした日本人の中には、オーストラリアで永住を望む人も多いわ。人種差別が緩和されたことも理由の一つなんでしょうけど」

冴子は適当に話を終わらせて席を立とうとしたが、男は話題をウランに戻した。

「ところで、世界のウランの七〇パーセントはオーストラリアに埋蔵されているんだが、オーストラリアには原発がない。皮肉な話だ。そのくせ、世界中のウラン鉱山でオーストラリアは採掘権を持っている」

「製造業に力を入れていない国家らしいわ。オーストラリア人が世界中でウランを採掘しているのは、初期精錬のノウハウを知っているからなの」

「そうだな。それよりも金になるからだ」

男は笑ったが、その眼にはどこか寂しげな思いが漂っているようにも見えた。

「健康面に支障はでない？」

「だから金になるんだ」

「あなたは鉱山でどんな仕事をしているの」

「僕は鉱山で仕事をしているわけじゃない。現場の仕事は地元民に任せているさ。最低でも二千人の雇用を担っているからな。この街の人口の十五人に一人の割合なんだ。この街はナミビア第二の都市で随一のリゾート地だ。それもエロンゴ州の州都だからね」

「リゾート地にウラン鉱山があるのも皮肉ね」

「しかし街は豊かだ」

「住民はどうかしら。働いているのは地元民だろうけど、どこのレストランのオーナーも白人でしょう」

「雇用を提供しているんだ。地元民に経営手腕があればそれなりの仕事をしているだろう。しかし、ないんだから仕方がない。別に我々が彼らの起業を妨害しているわけじゃない」

「それはウラン鉱山でも一緒でしょう。地元民は危険と隣合わせで仕事をしている。あなた方は採掘権を転売して莫大な利益を得ている」

「あとは中国人がいかに地元民と上手くやっていくかだな。我々の仕事はここではまもなく終了するんだ」

「この辺りには他にもウラン鉱山があるんでしょう。そこはどうなの」

「他社のことは知らないね」

男はかぶりを振る。

「ウラン鉱山の健康問題はひどいの」

「ウランそのものが放射性物質だからな。全く人体に影響がないということはないだろう。アメリカでもオーストラリアでも先住民が健康被害にあっていたとは耳にしているさ。しかしそれはひと昔前の話だ。最近は鉱山労働者の装備も格段に進歩しているからな」

「ここではどうなの」

「どうしてだい」

「人口三万人の街にしては病院も少ないし、検査はできるのかなと思って」

「それは中国人オーナーにでも聞いてくれ。彼らはここでの雇用を六千人に増やすと豪語しているそうだ。中国人を本国から大量に連れてくるつもりなんだろう。数年後には本当にチャイナタウンができているかもな」

男が笑いながら言った。

「中国は本当にウランが必要なのね」

「君は中国の電力事情をよく知らないと見えるな。中国はこれから十年で原発大国になるんだ。そうしなければ国民の十分の一が肺がんで死んでしまうんだ」

「都市部の大気汚染はひどいわね」

「そのとおり。今、中国で稼働している原発は十八基だが、総発電量の二パーセンないんだ。どれだけ中国が電気を使っているかが分かる。確かにあれだけの人口を抱えていては仕方がない。まだ石炭を燃やしてエネルギーに変えているわけだから、中国人は蒸気機関車が走るトンネルの中で生活しているようなものさ」

上手い比喩だと冴子は思った。しかし、その汚染された大気は日本にも影響を及ぼしているから困る。

「世界中からウランを集めて原発計画とは大変だわ」

「隣国の同盟国である北朝鮮にあれだけのウラン資源が眠っているというのに、中国がわざわざアフリカで開発をするのには理由があるからだよ」

「北朝鮮のウラン埋蔵量はそんなに多いの」

「オーストラリア以上の量があるというね。おそらく本当だろう」

「じゃあ、どうして北朝鮮から買わないのかしら」

「中国は北朝鮮に借りを作りたくないんだ。北朝鮮は近い将来滅亡するだろう。その時を密かに狙っているのさ」

「でも韓国の存在があるわ」

「韓国ももたないな。だから中国は韓国を日本から離反させようとしている。日韓関係が危うくなると一番困るのはアメリカだ。韓国はまさか自分の国が崩壊するなどとは考えていない。北朝鮮が崩壊した時のことを考えるのが精一杯だ。しかし、中国の思考は違う。北の崩壊は朝鮮半島の占領を意味するんだ」

　男は冴子の耳元で言った。

「そんな」

「考えてもみなよ。アメリカが韓国を手助けしているのは、北朝鮮という国家があるからだ。しかし、そこが崩壊してしまった時、韓国にこれを領有できる体力があると思うかい。北朝鮮の痩せた土地と人民を養う力があると思うかい。自動的に韓国は中国に征服されることになるのさ。その時日本がどう動くか、我々の思考はそこに向いているんだ。君ならどう考える」

「国連の立場がないわね」

「国連事務総長を出していようが、安保理で拒否権を行使されればおしまいさ。アメリカ、ロシア、中国の三巨頭がどんな睨み合いをするかだな」

　冴子はワインを含んでいたので、男に先を促す。

「これを対岸の火事として眺めることができるのはオセアニアとヨーロッパの中でもイギリス、フランス、ドイツ、スイス、オーストリアだけだな。ＥＵもぶっ飛んでしまうだろう」

冴子は肩をすくめる。アフリカの地で、ビジネスマンからこんな言葉が出てこようとは思いもしなかった。

「でも、アメリカ、ロシア、中国いずれも圧倒的な経済格差の問題を抱えているんじゃないの」

「資本主義の典型であるアメリカと、共産主義を諦めたロシア、そして必死に共産主義を守ろうとしている中国。結局どんな政治体制、経済体制にあろうと格差は起こりうるということさ。人間に能力の差があり、それに伴った欲がある限り、それは仕方ないことだよ。共産主義というユートピア思想が崩壊しつつあるのも、理想だけで平等社会なんてできないということさ」

「簡単ではないわね」

「もっと言えば、中国で社会問題となっている自殺者数は年間二十五万人にもなっている。共産主義という虚偽を教えこまれた人々の夢が崩れた瞬間だ。中国の内部崩壊が早いか、国民の大量国外進出が早いか」

「進出先がアフリカっていうこと」

「そう考えれば早いだろう。ここスワコプムントなんて、中国人から見れば天国のような土地さ。空気は美味い。何と言っても街が綺麗だ。中国中探しても、こんな桃源郷のような土地はないだろう」

「集団移住と言えば聞こえはいいけど、それって植民地化と一緒じゃないの」

「いい視点だ。支配関係にあるか、共存関係にあるかによって違ってくる。中国人が来たら、先ほど君が食べていたエビ料理ももっと美味しくなるかも知れないよ」

「花椒で味付けするのかしら」

食事には合わない会話だったが、このオーストラリア人が案外誠実で、政治家並み、いやそれ以上の世界観を持っていることに感心する。

「君はいつまでこちらに滞在するんだい」

「はっきりとは決めてないの」

「有名な赤い砂漠や海砂漠は見たかい」

「海砂漠？」

「あれは見るべきだね。砂漠が海までせり出している。砂丘というよりもあれは砂漠だ。フラミンゴやアシカもいるよ。何なら案内してもいい。どうせ暇なんだから」

「うらやましいわ」

冴子は白い歯を見せて笑った。

「今僕は友人のエンジニアが来るのを待っているだけなんだ。奴らも観光しながらこちらに向かっているらしい。予定より一週間も遅れているんだが、遊び半分だから許してやろう。それと今、初めて気づいたが、君の笑顔は実にチャーミングだ」

白人の男らしい軽口を聞いて、冴子はどこか安心する。

「レンタカーがあるから自分で歩いてみるわ。勉強になるお話をありがとう」

グラスを持って挨拶をし、チェックに立とうとすると男が言った。

「おっと、このテーブルに座るとチェックはいらないんだ。僕も同様でね。毎日タダ酒を飲んでるってわけさ」

「どういうこと」

「この店はうちの会社がやってるんだ」

どこまで本当の話かわからなかったが、このオーストラリア人に乗せられてみるのもいいだろう。

「では、ご馳走さまでした。またお目に掛かる機会があれば」

男は冴子に手を差し伸べて握手をして別れた。

翌朝、冴子は海砂漠に向かった。上空をペリカンの大群が飛んで行く。フラミンゴやアシカの群れも見ることができた。昨夜オーストラリア人の男が言った桃源郷という言葉が思い出される。

「確かにパラダイスね」

冴子は車を空港に向けた。

＊

「中国のアフリカ進出は、両者に利益があるから広がっていると考えます。中国がアフリカを支配し、植民地化しようとしているとは思えません」

課報課長の部屋を訪れて熱心に議論を続けているのはアジア担当主幹の篠宮浩二《しのみやこうじ》である。

「そう見せないのが中国の巧みなところだ。この数年、日本が立ち遅れてこの真似事をしているのは、外務省を始めとした組織が世界情勢に関する情報収集を怠っていたからに他ならない」

押小路は鋭く指摘する。

「それは課報課も含めてでしょうか」

「課報課にはアフリカ支局がないからな、対応する部局がないのも問題だったと思う。アフリカ諸国の大使館に派遣している一部の書記官や駐在武官から断片情報は入っていたものの、彼らにそれ以上の情報収集ができるとも思っていなかった。この半年でうちのメンバーが収集してきた情報はこれまでの日本の対アフリカ政策を根底から考えなおさなければならないほどの、インパクトがある。おそらく、官邸もこの情報を真摯に受け止めていることだろう」

「このまま看過できない事案も多くあります」

「武器の不正輸出とエネルギー問題。それに地下銀行の迂回融資。すべて中国絡みだ」

押小路はこれまで自分の目でアフリカ大陸を見たことがなかった。しかし、今回現地から送られてくる生々しい写真やデータを見ると、問題は一層深刻になっていると肌が粟立つ思いがした。

「南スーダンの反政府勢力への武器ルートを断つことは喫緊の課題だ」

「中国もスーダンへの莫大な投資が水の泡になりかねない状況ですから、国連安保理の動きに警戒することでしょう」

「韓国のPKO部隊が静かにしていてくれるといいのだが……」

「中韓のPKO部隊が国連軍の中で妙な連携を取るのが不気味ではありますね。日本の集団的自衛権を『国家的右傾化』と称して、活動を妨害してくるかもしれません。南スーダンにおける自衛隊の部隊編制にかかわってくる問題です」

「中韓政府の共同作戦となると、アジアの敵をアフリカで討つ構図だ。手を打つ必要はあるな」

南スーダンのＰＫＯ活動で、韓国軍が日本の自衛隊に銃弾の貸与を求めた事案は、日韓の声明に大きな隔たりが出ていた。

「武器の不正輸出ルートは徹底的に叩きましょう」

「引き渡しの直前を狙うしかないな」

「それから、岡林からの情報では中国は日本の大気汚染除去装置のデータを狙っているということです」

篠宮はファイルに目を落とす。

「それも早急に手を打つ必要がある。その技術を中国製と書き換えて世界に売り出すなんてことは断じて許されない。国益に反することだから、日本企業に対しても指導をしておかなければな。水の浄化装置についても同様だ」

「ウラン関係はいかがでしょうか」

「ウランは中国が国家的戦略で動いていることだろうからな。やらせておくしかないだろう。ただし、現地住民の健康問題に関しては世界保健機関の助けが必要だ。決して中国の原子力政策を邪魔するわけじゃない。平和と安定のためだ」

「ベトナムに対する原発輸出については」

「時間を稼ぐことだな。日本は特許で技術を守るんだ。今後中国国内で作られる部分についてはある程度は目を瞑《つぶ》るしかないだろうな。ベトナムが平和的に民主化してくれさえすればいいことだ」

「まだまだ時間がかかるのではないですか」

「そうでもないだろう」

押小路は即答する。

「ではウラン採掘を直接手がけている企業とその関係会社をチェックする必要があると思うのですが」

「関連会社に加えこれに投資を行っている闇銀行、投資家まですでに調べ上げている」

「エージェントたちの動きはさすがですね」

篠宮は感心するように頷いた。

「今後の作戦だが、金の流れを押さえ、そこに爆薬を流し込むことで不正な金の出所を潰そうと考えている。悪貨の流れを断つ」

「対象は中国の影子銀行ですね」

「すでに幾つかのルートで作戦が始まっている。榊も応援に行かせよう」

篠宮を退室させると、押小路は津村を呼び出した。

＊

「主に中国工商銀行が中心となり、不良債権化の危機に直面していた約五百十億円の貸付信託の償還方法を見いだしたことは、規制の緩いシャドーバンキング業界を揺るがしかねない巨額損失を回避できる手法にはなりました」

津村は中国の闇銀行の債務不履行危機について説明を続ける。

「中国政府としては、救済してしまった方がはるかに安上がりと計算したうえで、国営銀行ともいえる中国工商銀行に肩代わりさせたのでしょうが、消えた金、さらにはこれから消える金の問題を先送りしただけであることは、エコノミストの間では周知の事実です」

「問題の本質は何か。地方政府の経済は疲弊し、資金繰りに困って闇銀行に助けを求めている」

　中国の二重経済を自分の目と足を使って徹底的に調べた津村は、中国国内の大手闇銀行の内部事情に関してもデータ化していた。

「不動産関連ですか」

「農民から一平米あたり十元で買い上げた土地を一万元で売りつけるのが現在の相場ということだよ」

「千倍ですか」

「元々国の土地は公有制だろう。農民は、村から使用権を借りて農業を行っているだけだから、その使用権を勝手に買い上げ、転売しているんだ」

「中国各地で連鎖反応を起こしたら、農民の住む場所がなくなってしまいます」

「そこが問題なんだ。経済成長に伴う急速な都市化の影響で、この三十年間に約四億人の人口移動が起きたと言われている」

「四億人も」

　津村は思わず一オクターブ高い声を出していた。

「都市化に伴う人口の増加が生み出す懸案が住宅問題だ。平均的な世帯人数を仮に三人としても、四億人の受け入れ必要住宅数は一・三億戸ということになる。結果的に住宅に道路、商業用地などを併設すると、都市部の面積は四百万ヘクタール、つまり、日本の九州よりもひと回り広い土地が宅地へと変わったことになる」

「宅地に変わったのはほとんどが農地ということになるのではないですか」

「都市の周りに林野は少ないからね。湖沼を埋め立てるには莫大な金が掛かる。自ずと住宅用地は農地ということになる」

「追い出される農民に対する補償が先ほどの金額になるわけですか」

「農民の収入を年間五千元として、その使用権の代償は三万元（約五十万円）から五万元（約八十万円）というところだろう。中国の平均的農家の耕作面積が五千平米程度だから補償金を五万元としてもコストはほんのわずかだ。日本円にして一平米百六十円というところだ」

「その土地が千倍になる計算も成り立つのですか」

「近年、中国の都市人口は年間約二千五百万人増えている。つまり二十五万ヘクタールの農地が宅地に変わったとすれば、地方政府の自己資金が約二十五兆元だから、一平米約一万元で販売したことになるわけだ」

「なるほど……計算が合うわけですね。土地の使用権を売った農民は、行き先がなく、転売された不動産に建てた高層住宅に入る者もいない。農地なら幾らかの金を稼いでくれるが、ゴーストタウンは借金ばかりが膨らむ構造ですね」

「まさに負のスパイラルだ。最近では地上げにも限界が来ているのが実情だ。しかも、高層住宅を建てたところで、その工事は手抜きだし、水も電気も入らない住宅が公然と売りに出される始末だそうだ」

「それが現在の中国の実態なのでしょう」

「日本に来て爆買いしている国民は少なくとも二千万人規模はいるだろう。しかし、彼らとて、所詮、闇銀行の力で生きている連中なんだよ」

「不動産バブルは、もうそろそろ行き詰まるのではないかと思っています」

「ほう、その理由は」

押小路が腕組みをしながら訊ねた。

「国家の規制が強くなってきたからです」

「すると、闇銀行は理財商品型が強くなるというのか」

「そうなってくるはずです。農民から農地を奪って農業が途絶えることを、一部有識者の中で心配する声が上がり始めているんです」

「しかし、有識者というのは党内の金持ちのことだろう」

「中国産の食材が危ないことを彼らが一番よく知っています。中国にもまともな農業を根付かせなければと考えているのです」

「とはいえ、農民を裕福にすることはできないだろう。大都市周辺では特にそうなんじゃないのか」

「大都市周辺の農業はすでに共産主義国家のものではありません。小作人制度が生まれているからです」

「地方からの出稼ぎ者を雇っているんだな」

「ほんの一握りの農民は地主のような生活をし、中には自分の土地に住まず、都会に居を構える不在地主もいます」

「成金の地主連中は闇銀行が紹介する投資話に興味を持つだろう」

「そのとおりです。となれば理財商品をターゲットにしたほうが面白いでしょう」

「悩みどころだな」

「中国の地方融資平台絡みの案件に、中央地方を問わず政治家が多く絡んでいます。これを上手く使いたいと思っているんです」

津村は言った。

「地方融資平台ねえ」

中国の中央政府は財政規律維持のため、地方政府に対して債券の発行を原則禁止し、銀行融資に総量規制をしている。したがって地方政府の予算策定は、税収や中央政府からの交付金、中央銀行からの限られた融資で行われている。しかし、地方政府の長は自助努力によって経済成長をなんとか達成して、中央から認められようと必死になる。地方政府が財源確保のために使うのが地方融資平台である。

地方融資平台は中国の地方政府傘下にある、資金調達とデベロッパーの機能を兼ね備えた投資会社とでもいう組織だ。中国では不動産バブルを抑制するために、銀行から地方政府への不動産融資は規制されている。しかしその規制の抜け道として地方融資平台では理財商品や信託による投資が盛んに行われて、バブルを煽っているのだ。

「GDPを無理にでもかさ上げしようとして、インフラや不動産の開発を積極的に行った結果の尻拭いか。それをどう使う気なんだ」

「架空の投資会社を作るんです」

津村がさらりと答えたため、押小路は呆れた顔をした。

「架空の会社だ？　それは詐欺じゃないのか」

「金を回す機関を作るだけで、決して流用するようなことはしません。ただし、正規の手数料は頂きますが」

「どこから金を引っ張って、どこに回すつもりだ」

「金は闇銀行から引っ張ります。それも武器の不正輸出に手を貸しているところです」

「そんな闇銀行が地方融資平台とつながっているのか」

「いくつもあります。その中でもとんでもないところが二、三あるんです。そこを叩いてみようかと考えています」

「……そうすると、結果的に闇銀行にダメージを与えることができるのはわかるが、一般市民を巻き込むのはどうか」

「所詮、闇銀行につぎ込む市民です。掛け金がゼロになるだけです」

「借金をしてつぎ込んでいる者もいるんだぞ。そこが中国人だ」

「元々借りた金を返す気など彼らにはないでしょう」

「まあなぁ」

押小路は笑った。

中国人は借金に関して不思議な発想をするという。借金をしたのに、早く返済してしまうと、貸方に「自分に信用がない」と思わせてしまうというのだ。また貸方も返済を求めると、借方が「自分を信用していない」と思うと……。この思考回路が借金の踏み倒しにつながっている。

第六章　工作

午前十時過ぎの北京の街は視界が悪く、百メートル先は灰色のモノクロームに見える。北京随一の繁華街、王府井のメインストリートの中程にある漢方薬局の角を津村は右に曲がった。

一方通行の道を五十メートルほど進んだ一角にベントレー、メルセデス、ＢＭＷといった高級車が縦列駐車していた。どの車にも盗難防止の防犯ブザーが設定されているのが分かる。

この路地を地域の有力者は「闇銀行通り」と呼ぶ。

津村はガンメタのポルシェを、駐車しているメルセデス二台の間にドリフトで強引に駐車した。周囲にいた恰幅のいい中年の男たちは、一瞬、何事が起こったのかと目を白黒させていたが、ポルシェからジュラルミンケースを持った若い津村が出てくると、眉を曇らせたものの一様に視線を逸らした。この辺りを仕事場にする若年層のＩＴ長者だと思われたに違いない。

「北京中央通商」と記された、古い六階建てのビルの前には屈強そうなガードマンが二人いた。

「送金だ」

ガードマンの目は津村本人よりも大型のジュラルミンケースに向いていた。この中に数千万元、日本円にして億単位の金が入っているのだ。

「セキュリティーチェックをお願いします」

ビルの手動ドアを入ると、三ヵ所のセキュリティーゲートと手荷物検査用のＸ線検査機が設置されていた。津村は現金が入ったジュラルミンケースを手荷物検査台に載せて、セキュリティーゲートをくぐる。

手荷物検査台からジュラルミンケースが出てくると、ガードマンがケースを開けるように言う。津村はジャケットの内ポケットから磁気式カードキーを取り出し、ダイヤル番号を合わせてケースのセンサーに当てた。カチャッと音がして二つの鍵が開くと、津村はおもむろにケースの蓋を開いた。中には百元札の束がぎっしりと詰まっている。ガードマンも見慣れた光景なのかポーカーフェイスのまま津村に言った。

「担当者は決まっていますか」

「信託担当の袁《ユエン》を呼んでくれ」

ガードマンがインターフォンのボタンを押す。間もなく背の高い痩せた男が二重のガラス扉の向こうから台車を持って現れた。

「津村様、いつもありがとうございます」

「よろしく頼む」

闇銀行の担当者である袁は台車にジュラルミンケースを載せると、現れたガラス扉のほうへ津村を先導するように歩き出した。

「三亜パール公司は順調に業績を伸ばし始めているようですね」

岡林と打ち合わせした通り、津村は冷静に振る舞う。

「いい顧客が付き始めたのでしょう」

「利益も当初の試算を大幅に上回っており、私どもも改めて新規事業に対する融資先を勉強させていただいております」

「それはよかった」

「三亜パールは真珠の生産だけでなく、貝を使った水の浄化も新たに進めており、三亜の湾も想像以上に綺麗になっているようです」

「牡蠣《かき》の養殖も並行して始めたからですね」

「温かい海で牡蠣が育つわけがないというのが定説だったようですが、三亜パールはそこで大きくなった牡蠣を大連《だいれん》に運んで再育成しているそうです。大した事業だと、党の幹部も注目していると聞いております」

「あの会社のマネージメントをしているのは、日本の有能な化学会社の人間らしいからな」

「そうだったんですか。今は内地で淡水真珠の養殖も始めているとかで、引く手あまたの会社ですよ」

「高い技術を持っているのでしょう」

津村は岡林の商売の上手さに舌を巻く思いだった。闇銀行捜査方法を協議した翌日、諜報課に呼び出された津村は初めて岡林と対面した。闇銀行対策に関して押小路が二人を引き合わせたのだ。

「うちの会社に投資してみろよ。元金は二年で返すことができるぜ」

「元金といっても、億単位の金額ですよね。僕のどこにそんな金があると！」

岡林が諜報課に籍を置きながら、桐朋化学に勤め、さらにいくつかの投資関係会社の顧問を引き受けていることは知っていた。

「失礼ですが、どういう企業なのでしょうか」

津村は得体のしれない岡林を怪訝そうに眺めた。

「真珠だよ、真珠。真珠の養殖は面白い。中国産のヒレイケチョウガイという品種があって、この大量養殖を始めたんだが、これがどういうわけか異常繁殖してさ、ようやくその原因を突き止めたんだ。このまま行くと倍々ゲームどころか、五倍五倍ゲームになる勢いだ」

「そんなに簡単に真珠ができるものなんですか」

「国宝になるような真珠を作るわけじゃないが、粗悪品は一切作らないし、日本国内の需要と供給のバランスを崩すつもりもない。ただ、儲けられる時に儲けるんだ」

岡林の口調は商売人そのものである。

「津村も三億円投資してみろ、五年で五倍になるぜ」

「あまり津村を驚かせないようにな、岡林」

すっかり気おされた様子の津村に助け舟を出すように押小路が口をはさむと、岡林は笑った。

「課長、日本国内だけの発想でやっていては商売はできません。また、誰かがやった後塵を拝しても意味がありません。誰もやらなかったからこそ、三亜の真珠が生まれたんです」

三亜パールは五千粒の十三ミリ級の真珠を生産するまでになっていた。

「寄付を受けた設備で真珠をそこまで育てたんだから、たいしたものではあるんだが。岡林、これ以上組織を大きくする必要はあるのか」

「トップに食い込むためです。一パーセントを賄賂に使うだけで、その百倍近い価値の情報が集まります。これは中国だけの話ではない。真珠は資源が枯渇しない宝石なんです。バイオミネラル、つまり生体鉱物でありながら古《いにしえ》から宝石として認められている。そして世界中の貴婦人が好むものです」

「中国上層部ではすっかり有名になっているな」

「真珠の養殖と水質浄化を並行しながら、餌に食いついてくるのを待とうという算段です」

「桐朋化学は了解しているのか」

「向こうに工場を作るつもりはないようですが、それなりの商売はしたい考えです」

「逆浸透膜フィルターは桐朋化学の企業秘密ではないのか」

「確かに桐朋化学が作っている逆浸透膜は国際特許ですが、これを中国がいかに分析しても、組成を明らかにすることは不可能で、ましてや一朝一夕に生産できるものでもありません。それよりも買ったほうが早いと思うでしょう」

「なるほどな」

押小路が頷くのを見て、岡林がおもむろに津村の腕を摑んだ。

「だから津村、腹を決めろ」

「えっ？」

＊

二日後、三億円の小切手が中国工商銀行東京支店に持ち込まれた。振出人は四井銀行本店である。

持ち込んだ男は小切手を中国工商銀行香港支店の香港ファイナンスという会社の口座に振込みを依頼した。東京支店の外為窓口責任者はこの小切手が事故券でないことを四井銀行に確認した後、振込み手続きを取った。

香港ファイナンスは諜報課が保有するダミー会社である。一口にダミーと言っても、実質的な営業実態のある会社とそうでないものがあるが、香港ファイナンスは、ベンチャーキャピタルとしての地位を高めつつある会社だった。

日本企業が中国に進出する場合、どのように目的とする業務を行うかが事業計画の要《かなめ》になる。これには地理的問題から、タイアップ企業、さらには役所への許認可の問題まで幅広い情報が求められた。しかし、一部の大手総合商社を除いて、その事前調査を行うのもままならない。日本国内にも中国の国家系調査会社がいくつかあるが、いずれも我田引水の感は否めない。

例えば、ある繊維関連企業が靴下を中国で生産しようとした場合、商標のパテント、キャラクター使用料、競合会社対策、現地雇用人員、給与、輸送方法、関税等の調査と実行の全てに手数料が求められた。特に関税や許認可に関してはよほど太いパイプがない限り数ヵ月待ちは当たり前だった。

その調査を香港ファイナンスは得意としていた。役所へは圧倒的な政治力を使い、ほとんどの許認可事務は一週間程度で処理することができる。この裏工作を大手企業であっても「内々」で依頼して来るようになっていた。百億円規模の事業が一週間で許可されるのか、半年近く待たされるのかでは事業計画が根底から変わってくる。中国における新規事業、事業拡大、業種変更などに関する事前調査、許認可事務交渉を迅速にできることは、企業にとって何よりの武器だった。

「このシステムを作ったのが警察OBと聞いたら、一般企業の担当者はさぞ驚くことだろうな」

「全ての事業のスタートに関わりますからね。かといって、民間ではそうそうパイプを作るなんて芸当は難しいでしょうから」

「杉山《すぎやま》さんという人はそこが上手かったんだな」

北京支局長の水原正一郎が岡林から三亜パールの新規事業計画の説明を受けながら懐かしい昔話をするように目を細めて言った。

「杉山さんは一等書記官で在北京日本大使館に着任されたんですよね」

「そう聞いている。彼の父親、つまり杉山財閥の前総帥は周恩来《しゅうおんらい》からも可愛がられて、日中国交正常化に向けた舞台裏で活動されたという話だった。その後、台湾との軋轢《あつれき》もあってご自身は日中貿易から身を引いてはいたんだが、無償のコンサルのような仕事を香港で行ったのが、香港ファイナンスの原型だったんだ」

「それを杉山さんが組織化されたんですか」

「杉山財閥がほとんど奉仕のようにやっていた人的斡旋業務を、杉山さんが警備局長時代に情報機関に作り替えたんだ」

「情報機関にね」

「何でもきっかけは、日本の総理大臣が中国でハニートラップに引っ掛かったのを憂いたことだったとか」

水原が笑う。

「アメリカのように政治家や財界の首脳が共産圏や旧共産圏に渡航する際には、情報機関員が国務省職員の身分で同行して、接近してくる全ての人物のバックグラウンドを片っ端からチェックするシステムが日本には未だにない。残念ですね」

「妙な連中を一切要人に近づけないよう外務省に期待するのは所詮無理な話だからな」

「日本の政治家は隙だらけ。政治活動の全てが中国のスポークスマンとなってしまうのですからね」

岡林は冷ややかに言う。

「外務省のチャイナスクールの連中はガードどころか、積極的に怪しい人物との接触をセッティングしているようなものだからな」

外務省には、研修語ごとの語学閥（スクール）がある。チャイナスクールの他にはアメリカスクール（米英語）、ジャーマンスクール（ドイツ語）、ロシアスクール（ロシア語）などに分かれる。チャイナスクールというフレーズが流布するきっかけとなったのは新聞報道だ。文化大革命時代に中華人民共和国本国で中国語研修を受けた外交官をチャイナスクールの典型例として、これを批判的に検証した記事だった。

またチャイナスクールは、安全保障問題や歴史認識問題についても親中的な言動を行う傾向が多々あり、日本の国益よりも中国側の立場に立った姿勢を示すのだ。その代表的な例がＯＤＡ供与の問題である。

「政治的には抹殺されたお公家グループが政権を握った時は本当に酷かった」

「政権交代が起こった時ですね」

「天安門事件後の世界的な経済制裁を日本だけが解除したのは、日本が恩を売っておけば、中国は日本に感謝するという馬鹿げた理由だったが、中国の言いなりになっただけなんだな」

「何とかの乱などと言われた時ですか」

「その時涙を流していた議員もいたが、こいつも見事にハニートラップに掛かった経緯があったからな」

「情けない」

「中国を特段敵に回す必要はない。ただ、忘れてはならないのは、中国は未だに共産主義国家だということだ」

水原は厳しい目つきで言い切った。

「香港ファイナンスが中国一辺倒にならなかったところはさすがです」

「そこが未だに財閥として残っている、あの一族の凄さだろう」

「旧財閥はほとんど姿を消してしまいましたからね……」

岡林は堂々と財閥組織を残している杉山家の実力を思い起こしていると、水原が思い出話を語り始めた。

「僕が杉山さんと出会ったのは、杉山さんが警備企画課長の時の外事課新任補佐の時だ。年次で十八歳違っていたからな」

「殿上人ですね」

「そうだ。当時の刑事、警備局の企画課長といえば、将来どちらかが長官でどちらかが総監という関係で、必ず年次が一年違っていた。企画課長から警視庁の部長、副総監、大阪府警本部長、局長、官房長という流れだったからな。その中でも杉山さんの人望の厚さは庁内だけでなく、霞が関、永田町でも際立っていた。確かに杉山三兄弟、杉山財閥という強力なバックグラウンドはあったものの、圧倒されるような魅力ある人だった」

「私は直接お話をしたことも、講義を受けたこともありませんが、伝説の人物であることはよく知っています。しかし、どうして次長まで上り詰めて、あと一歩というところで自らお辞めになったのか」

「プライベートであっても外交問題にかかわった以上、警察組織のトップになってはいけない、と思われたのだろう。美しすぎる身の引き際だったと思う。そして課報課長という立場に就かれた。本気で国家のことをお考えになった結果だろう」

「その杉山さんが後任に推挙したのが押小路さんなんですよね」

「幅広い知識と深い良識、そして冷静な洞察力を持って世界を眺める力。彼は霞が関でも随一の頭脳だろう。杉山さんの秘蔵っ子と言っていい」

「警察庁が世界を相手にするために選んだ人材です」

　ICPOを始めとした世界的な警察機構に加え、各国の情報機関にも押小路の存在は広く知られていた。六ヵ国語を自在に操り、様々な次官級会議で議長を務めてきた手腕は高く評価されていた。

　しかしある日、突然、押小路は表舞台に出ることを止め、長官官房課報課課長に就任したのだった。

その押小路がこの数年、中国の動向を注視して人材を確保し、情報の収集分析のみならず、積極的な工作を行っていたのだった。

「ところで岡林、津村とのタイアップはどう進んでいるんだ」

「香港ファイナンスから新たに作ったベンチャーキャピタルに三億円、現地価格にして約千七百万元を投資しました。手頃な投資額だと思います」

「その金をどこに流すつもりだ」

水原は早口で尋ねた。

「二週間ほど三亜パールに投資します」

「お前が作った会社にお前が投資するのか。まるで我田引水じゃないか」

「二週間後に五パーセント上乗せして返します」

「そんなに儲かっているのか」

「そう見せかけて逆に投資を募るのです。三亜パールは今や三亜市だけでなく、党外交部のご婦人の間でも予約が相次ぐほどの商品なんです。とくに人気があるのは十三ミリ以上の大粒真珠のネックレスです。中には将来的な資産として複数購入される方も多いのですよ」

「宝石の魔力は万国共通ということか」

水原は首をすくめる。

「ただし、真珠の場合は宝石という価値だけでなく、水の浄化という副産物がついてきます。真珠棚の外周に牡蠣とムール貝を同時に養殖しているのです。その効果は驚くほどで、養殖場の周辺海域の水の美しさは上空から見れば一目瞭然です」

「なるほど」

岡林は身内にも商売人の顔で説明を続ける。

「この広告塔になってくれているのが張外交部長夫人の楊鈴玉。三亜パールの美しさと環境保全について、ご婦人仲間だけでなく、党の準幹部クラスに教えてくれています。お陰で、臨海地域の地方政府はこぞって、そのノウハウを求めて三亜詣でを始めているのです」

「臨海地域だけか」

「今、新たな取り組みとして内地での淡水真珠の養殖を三ヵ所で始めています。すでに商品化されていますが、これもまた海の本真珠同様に出来がいい」

「岡林、お前もなかなか商売上手だな。三亜パールの利益は全て三亜の役人のところに入っているのか」

「実質的なオーナーである郭は現職の公安署長ですが、あまり金儲けをし過ぎると周囲から反発を受けかねないため、彼の妻を社長にして、私が顧問という形で入っています」

「顧問料は取っているのか」

「収益からはほとんど受け取っていませんが、事業拡大による利益増分、さらには水の浄化に関するアドバイザー料として五〇パーセントを取っています」

「五割か。濡れ手で粟じゃないか」

水原が呆れた顔で言うと、岡林は笑った。

「すでに組織からお借りしていた初期投資分の資金は全て利息を付けて返納を終わっています。これからは戦略的な金の工面を付ける時期だと思っております」

「それは中国国内で一般的な投資を受けるということなのか」

「はい。それが戦略です」

この時、水原は岡林が使った「戦略」という言葉を聞いて、目を鋭く光らせた。

岡林は三亜パールに対する融資話を有力者に持ちかけながら、三亜パールの名を使った虚偽の理財商品の登場を待っているのだった。闇銀行が虚偽の理財商品の投資を募り始めたら、しばらくは泳がせておき、投資が集まったところで一気に告発へと進めればよい。

岡林の動きは迅速だった。

「三亜パールが新会社を設立する」という噂は一週間のうちに大手闇銀行に広がっていた。闇銀行の間で三亜パールの評価は「新興優良物件」とされた。さらに「三亜パールに香港の投資機関から千七百万元の投資がされた」という噂も広まった。

こういった不確定な情報だけで理財商品が生まれるのが中国経済の恐ろしいところである。

＊

中国のユダヤ人――ユダヤ教を信仰する中国人のことではない。浙江《せっこう》省温州《おんしゅう》市出身の商人のことである。彼らは古来、故郷を離れて行商を行う民だった。彼らは中国各地で培った人脈を活かし、情報収集と分析によって様々な商品を流通させながら生計を立ててきた。そして市場経済の荒波が温州商人に蓄財の幸運をもたらした。彼らが進めた業種で最も有名なものが国内外での不動産集団購入である。

「どうやら温州商人が三亜パールを嗅ぎつけたようだ」

津村は岡林の空いたグラスにビールを注ぎながら、目を丸くする。

「さすが早い。彼らの情報ルートはワールドワイドですからね。思いがけない投資話が盛り上がって来るかもしれませんよ」

「儲け話には必ずといっていいほど、偽物が出る。それこそが俺たちの狙いだ」

「中国製のフェイク商品には世界中が迷惑をかけられていますが、この偽物文化を逆手に取って、中国の悪党たちに一泡吹かせてやりましょう」

「三亜パールは一切の理財商品に加担しない。関連会社を装った似非《えせ》会社がどれだけ出てくるかが楽しみなんだ。さらに三亜パールと新たに設立した水質浄化会社とのタイアップに桐朋化学が関わってくるとなると、市場は一気に火がつくだろう」

岡林は笑って言った。

「中国相手の環境ビジネスは新たな市場になりそうですね」

「間違いないだろう。今、中国は大気と水の汚染に関して非常にナーバスになっている。ただ、日本に対しては様々な事情から頭を下げづらいから、環境問題については欧州企業に打診をしているが、欧州企業もこれまで何度も煮え湯を飲まされているから、なかなかビジネスが成立しないんだな」

「逆浸透膜を使うんですか」

「もちろんだ。ただ、水の浄化だけでは面白くないので副産物が欲しい。そこで三亜で使った牡蠣の代わりにシジミを使うんだ」

「シジミ？」

「そう。シジミ汁のシジミだ。ヤマトシジミに近い品種を使って逆浸透膜装置の内側でシジミを養殖するんだ。シジミもまた積極的な浄化能力を持っているから、生の食品というより健康食品原料として輸出する。その加工工場を併せて作るんだ」

「その金の工面はどうするんですか」

「任せとけ。自前の会社への投資は正規なルートしか使わないんだよ」

「するとそこにも似非会社が出てくると……」

「中国人の性質をよく理解した戦略だと思わないか？」

岡林の話はどこまでが本当なのか、まだ信じ切れないところが津村にはある。しかしそれが諜報の世界なのかもしれない。現実に三亜パールはあっという間に全国区になって、その業界のリーディングケースとなっているのだ。

「まずは浙江省と河南《かなん》省から進める」

「岡林さんはベンチャー企業の起業家のようですね」

「事業を起こすくらいの気概がないと工作員は務まらない」

浙江省の淡水真珠養殖場は皇居ぐらいの広さがある。水質浄化プラントも早々に持ち込まれ、桐朋化学も真剣になっている様子がわかる。

真珠養殖用の棚が湖岸に並ぶ様は壮観だ。奥行き二メートル、幅十メートルの三段重ねのステンレス製台が千台、四列になって並んでいる。すでに湖底の整地は終わっているらしく後はこれを水深十メートルの地点に設置するだけの状態になっていた。その周囲には逆浸透膜がカーテンのように配置され、シジミは大型トラック十台分が撒《ま》かれていた。

落成式には地元の党幹部や浙江省の書記も訪れていた。

式が始まる前に三機のヘリで上空から養殖場の視察が行われていた。この時点ですでに養殖場の中と外では明らかに水の色が違っていた。養殖場の外側の水は高度五十メートルから見ても灰色を帯びたような緑色で、透明度はほとんどなかった。しかし、逆浸透膜に囲まれた養殖場の内側は無色透明に近く、泳いでいる魚や小魚の群れが見える。短い工期にもかかわらず、これだけの浄化能力を発揮してくれる。

「『水清ければ魚棲《す》まず』という諺があるが、あれは嘘だったのか……」

「そもそも濾過というのは有機物まで濾過してしまいそうですが、我々が行っている水質浄化は生き物が生きやすい環境を作る濾過技術によるものです。仮に、もう少し濾過のレベルを上げれば、この水は直ちに飲料水に早変わりすることでしょう」

「飲み水になるのか」

「瞬間芸ですね。後ほど試して差し上げましょう」

岡林は桐朋化学の営業マンのような口ぶりで養殖場をアピールしていた。浙江省の党幹部はこの事業のさらなる展開と、中央に対する政界工作を懸命に考えているのだろう。彼らにとっては、このわずかな囲繞地《いじようち》が彼らの人生を大きく飛躍させる宝の山に見えるに違いない。

落成式は極めて事務的に行われたが、式終了後には多くの研究機関、マスコミの関係者が集まる。これも岡林のマネージメントによるものだった。

「では、これからこの湖の水を飲んでみましょう」

岡林は衆人が見守る中、自ら裸足になって湖に入り、真新しいポリバケツ一杯に水を汲んで戻ってきた。これにはマスコミ関係者数人もカメラマンを同行させて不正がないかを確かめていた。バケツの水を透明な樹脂の筒に移すと、岡林はその下に付いているハンドルを手でゆっくりと回し始めた。やがて水が全て透明なパイプを通って二十センチ四方のステンレス製の箱を通過すると、その先にはコップが置かれている。湖から汲み上げた水がパイプを通過してそのコップに入っていることは、余程のマジックでも使っていない限り明らかだった。コップになみなみと水が注がれた状態になって岡林はハンドルを回す手を止め、おもむろにコップを手にし、

「飲料水です。それも最高に美味しいはずです」

コップを自らの口に持っていき、大きく一口飲んで見せた。

人垣が息を止めて岡林を見つめる。

「美味いなあ。この湖の水は」

取り囲んでいた人々から歓声が上がった。岡林は用意していた紙コップを配るように桐朋化学の社員に目配せした。桐朋化学の社員はすでに幾つかのバケツを持って湖から水を汲んでいた。

「試してみたい人は自分でハンドルを回して水を飲んでみてくれ。普段、あなた方が飲んでいる水の味とどれだけ違うか、自分の舌で確かめてくれ」

やや高飛車に言う岡林の視線は、すでに欲の塊のような顔つきになっている地方

政府の幹部に向けられていた。彼らはすでに中央政府から岡林の個人情報に関して知らされているだろう。

歓声が広がると岡林は、このプロジェクトリーダーの桐朋化学社員と三亜パールの支社長を地方政府のトップの浙江省書記に紹介しながら、にやりと不敵に笑って言った。

「宣伝してくださいよ」

翌日の地方紙には淡水真珠養殖と水質浄化の新たなプロジェクトが大々的に報道されていた。


「津村。早速、投資の申し入れが来ているよ」

岡林がメールをチェックしながら言った。

「お断りされたんですよね」

「もちろん。投資者には利益を分配しなきゃならないだろう。中国人にそんな金は払いたくもない」

「しかし、地方政府はなんらかの見返りが欲しいのではないですか」

「真水を安く売ってやるのさ。それを彼らは数倍もしくは数十倍で売りさばくだろう。桐朋化学にとっても、ここはあくまでもとりかかりの一つだ。損をせずに、次の大きな受注を待つのさ。投資の申し入れがあるということは、中央銀行も何らかのアクションを起こすはずだからな。それから、プロジェクト周辺の土地も少し買っているんだ。そこで土壌改良と新たな農業もやるんだよ」

「そんなことまで」

「せっかくいい水を作るんだ。それを活かす一番は農業だろう。無駄なものは一切省き、湖の藻だって利用できればそうする。光合成のエネルギー活用だな。いざとなれば肥料にでもしてしまうさ。化学の世界はそれができるのが面白いんだ」

「すっかり化学会社の営業マンですね」

津村は感嘆の声を上げる。

「そう思って仕事をすれば、新たな楽しみも出てくる。仕事を楽しむ工夫と思えばいい。いつも日本の天下国家ばかり考えても仕方ない。郷に入れば郷に従い、郷の利益、繁栄を考えて動けば、そのうち郷が迎え入れてくれる。外部の者にしか見えない郷の特色があるだろう。日本国内でも、外からの目を活かすために国家公務員がいるはずなんだが、中央の連中はやたら人を管理することばかりに頭を使って、それぞれの土地に目を向けないいんだ。地方分権なんていつまでも言っているようじや、本当の地方は育ちはしないさ。だから日本国中同じスタンダードでモノができてしまう。日本国中の公園を見ればわかるだろう。ブランコがあって、滑り台があって……そんな公園、子供は求めていないさ。原っぱを残してやる。木登りできる木を植えてやる。森を作ってやる。それが子供の自由な発想を生み出してやる方法なんだ」

国家公務員である岡林が、地方公務員出身の津村に地方の活かし方を諭すこと自体が津村には可笑しかったが、地方が国家に従属している今の日本の実情を中国に置き換えると、日本以上に顕著な構造であることを思い知らされる。

「しかし、津村の闇銀行に関する情報収集と分析は素晴らしいな」

「ありがとうございます」

「お陰でターゲットが絞りやすくなったんだ。この分析資料は今後の対中国戦略の宝になるよ」

津村はデータの入手先について水原にすら情報源を明かしていない。大手闇銀行の融資先及び投資家一覧という極秘データだからだ。大手闇銀行のリストさえなかなか手に入るものではない。この背後には中国国営四大銀行が直接資金提供しているような場合もあるが、大多数は企業の裏資金といっていいものだった。

「この集計による中国のシャドーバンキングの融資残高は三兆九千五百億ドルということになるな」

「はい。中国国内総生産GDPの四六パーセントという数字です」

「オンバランスの三七パーセントか」

オンバランスとは、バランスシート（貸借対照表）に計上される項目のことをいい、この場合、国家予算として公式に報告されている数字を指す。

「実に恐ろしい数字です。このうち将来的にどれだけデフォルトの対象になるのか。『政策あれば対策あり』という中国独自の経済問題を抱えていると思われます」

「君はこのあまたある闇銀行の中から幾つかをターゲットにしたわけだな」

「はい。今回は中国国内に巣くう不良集団によるアフリカ侵攻を防ぐことを目的に選抜しました」

「党幹部がかかわっている闇銀行もあるのだろう」

「党幹部の親族に金が迂回しているところは確認しています」

「その基本的データベースはどこから採用したものなんだ」

「岡林さんにであっても、詳しくは言えません。公安部と協力して得たのです」

「公安部か、なるほど」

津村も情報マンの端くれだが、少し知識を披露したくなった。

「攻撃こそ最大の防御です。攻撃中はラインがつながっているわけですから、そのタイミングを測ってこちらも相手のコンピューターに侵入を試みるという作業をしたわけです」

「パソコンにも強いんだな」

「それなりに。ハッキングの足あとを残さないことに関してはプロですが、攻撃中はそれができない。こちらもピンポイントの攻撃を仕掛けるのです。百名近くの班員が一斉に反攻を開始する様はなかなか壮観ですよ」

「どのくらいの確率で反攻に成功するんだ」

「一・五パーセントというところでしょうか。それでも一度入り込んだら、敵のコンピューターシステムだけでなく、彼らが接点を持つあらゆる部門のシステムを徹底的に喰い尽くします。通称シロアリ部隊と言われていたチームでしたから」

「シロアリか……それで、その時のデータを持っていたわけなのか」

「いえ、正規のルートを通して警察庁経由で警視庁にアクセスしてデータ転送してもらいました。そのデータをもとにして、こちらに来て再アタックしたわけです」

「どこのコンピューターを使ったんだ」

「上海の投資会社の端末を借りました。この会社自体がすでに消滅していますので、足あとは何も残っていません」

「消滅したとはどういうことなんだ」

「負債を抱えていたのです。中小の闇銀行の中には昨年頃からデフォルトを引き起こしているところがたくさんあります。こういうところの情報を得て、最後の博打を打たせてやっていたのです。そのためには大口の投資先を探さなければなりません。ハッキングもまた重要な情報収集手段なのです」

「それに手を貸してやったというわけか」

「ハッキングの事実を公安当局が把握したとしても、捜査着手までは数ヵ月を要するのが通常です。こちらは数週間勝負でしたから何でもアリアリの状況でした」

「それで、その闇銀行は最後の一儲けはできたのか」

「すでに国外にトンズラしています。中国では日常茶飯事ですよ。その時使用したパソコンのハードディスクがこれです」

津村が手にしているハードディスクを眺めながら、岡林は津村の情報収集手法に驚きつつも、その手際のよさに感心していた。

「それに中国の闇銀行だけでなく、四大国営銀行の融資関連データがあるわけか?」

「はい。二テラバイトのハードディスクがパンパンになるくらいの数字の山です」

津村が笑った。

「作業はお前一人でやったのか」

「はい。私は優良銘柄を探して、彼らはそれを確認する仕事でしたから、お互いのハッキングのルートは誰も知りません」

「なるほど、それで今回のターゲットがこの一覧になっているわけなんだな」

「はい」

岡林は三十社ほど記されていた社名を瞬時に記憶した。

津村は岡林が三亜パール宛に送金した闇銀行の動きをチェックしていた。すると、

〈三亜市所在の真珠企業〝三亜パール〟に対する融資の受付〉

と書かれたウェブサイトを見つけた。投資最低金額は一万元となっている。

「おっ、ついに偽業者のお出ましだ!」

津村は外為トレーダーのように、ハッキングしているパソコンを食い入るように

覗き込みながら、サイトの内部データをコピーして分析を始めた。

＊

冴子はワレンスキーと定期的に会って情報交換をするようになっていた。

ワレンスキーは冴子にロシアの情報機関が調べている中国情報を提供し、冴子は、現にアフリカで進められている中国の様々な進出活動情報について語るのだ。

ワレンスキーはしばしば国家機密に近い情報を持っている。政権中枢に深く食い込んでいるのだろう。

「ロシア政権は中国よりもウクライナ情勢に大きな関心を示している。ウクライナが二分されればEUとの関係もおかしくなってしまう」

「ウクライナはロシアの食料も支えているからね」

「それもある」

ワレンスキーは呟くように答えた。

「ウクライナにロシア軍が入るようなことになったら、国連が黙ってはいないと思うんだけど」

「国連安保理の常任理事国であるロシアと中国が共同歩調をとればいいことだ。中国もチベット問題を抱えているからな」

「両国とも共産主義者が政治を司っているゆえに出てくる発想ね」

「ロシアの政治担当者は共産主義者ではない」

「そんなに簡単に思想を捨てることができるかしら。ウクライナ問題も、かつてのソ連がアフガニスタンに侵攻した時とあまり変わらないと思う」

ワレンスキーは一瞬、眉を寄せたが、冴子の言葉が正しいことを暗に認めているように見える。

「君は政治学者のようなことを言うね。われわれは共産主義の失敗を自ら体験しているんだ。子供の頃から正しいと教えられてきたものが全て間違いだと気付くまでには、それなりの時間と経験が必要なんだよ」

「でも、今のロシアのリーダーの多くはソビエト時代からリーダーだった人たちでしょう。全員が一斉に気持ちを切り替えるなんて無理よね。だからロシアという国に対する欧米諸国の不信感は消えない」

ワレンスキーは冴子の目を見つめる。憤りではなく、懇願に似た眼差しである。

「君も同様の不信感をロシアに持っているのか」

「ロシアは未だに東西問題を引きずっているようだわ。一九九一年にソビエト連邦崩壊とともにロシア連邦が成立して時間がたつにつれ、最近はアメリカとの間に『新冷戦』を始めようとしているかのよう」

「それは仕方ないことだ。アメリカの一極集中は経済的にも様々な疲弊を生み出しているし、そこに中国の台頭もある」

「ロシアは中国とは良好なんでしょう」

二〇〇一年ロシアと中国はカザフスタン等四ヵ国を加えた六ヵ国で上海協力機構という多国間協力組織を結成して相互の関係を強化している。その目的は加盟国に共通する国際テロ、民族分離運動、宗教過激主義問題等への共同対処に加え、経済や文化等幅広い分野での協力が挙げられている。しかし、一方で非欧米同盟ともいえる軍事同盟の意味合いも強い。

「利害関係が一致する面に関しては共同歩調も取るさ」

「対欧米戦略と極東対策ね」

「アメリカ一国では世界は動かないということだ。今のアメリカ大統領はもう少し賢い奴かと思っていたが、買いかぶりだったようだ。うちの大統領の方がレベルは上だな」

「確かに役者が一枚も二枚も上という感じはするけど……ただ」

「ただ、なんだい」

「ロシアは大手ガス会社のガスプロムを国有化したように、親欧米、反政府的な企業を排除してしまった。報道管制も強化して、政府に批判的な報道機関は露骨な圧力をかけられている。これは共産主義時代と全く変わらない。おまけに外国資本も一気にロシアを去っているし、貯め込んでいたオイルマネーが財界にとっての唯一の頼りのようだけど」

「ロシアが社会主義と決別して、まだ二十年だ。過渡期には今のような強権政治も必要なんだ」

　ワレンスキーは自嘲的に言った。ロシアの欠点を並べられて鼻白んだようだ。冴子は取り成そうと微笑んでみる。

「いい国になればいいわね。そして、男性が長生きできる国になることが大事よね」

　ワレンスキーの目尻が緩んだ。

　ロシアの男性の平均寿命は一九八七年以降短くなる傾向にあり、世界銀行の統計によると現在のそれは六十一歳代なのである。ちなみに、女性のそれは比較的長く男女差が十二歳と極めて大きい。ＯＥＣＤ諸国の平均は男性七十七歳、女性八十二歳と男女差は五歳程度なのである。

「私に長生きして欲しいということなのかな。光栄だよ」

「あなたのように博識な経営者は決して多くはないと思うわ」

「地位と立場が人を作るものだよ。世界一の自動車会社のトヨタでさえ、数十年前は多くの大学生が近い将来潰れる会社だと思っていたくらいだ。それでも、そこに入った社員は世の中をあっと言わせる経営術を生み出し、今日の不動の地位を得たのだからね」

「よく日本の企業事情までご存知ね」

「あのスタイルは経営の鑑《かがみ》だと思っている。税務対策も含めてね」

さりげなく日本企業の名前を出すワレンスキーの話術は巧みだったが、冴子はさらに深い情報を得ようと考えていた。

「日本企業の経営スタイルは、日本人の国民性によるものが大きいと思うわ。今のロシアの大企業はほとんどが、ソ連崩壊後にロシア経済を半ば私物化していた新興財閥オリガルヒの解体によるものだと思うけど、実態はあまり変わっていないんじゃないの」

「それは経営に携わる者が実質的にいなかったから仕方がないことだ。国営企業がなくなった時に、その経営をなくすことはできない。暫定的にせよ経営を続けていくことが大事だったんだ」

「あなたの会社と同じようにね。ただ、会社の中には同族経営や世襲をした会社もあるわ。国の財産を私物化してしまったような気もしないではないわ。おまけにロシアのGDPは一兆ドルを超え世界でもトップクラスなのに、国民一人当たりのGDPは非常に低い。ブラジルに追いつかれそうでしょう」

「ロシアは未だに資源頼みの国だからね。産業で輸出できるのは武器くらいしかないんだ」

「武器ね……」

冴子は中国同様、ロシアの不正な武器輸出についても調査しておく必要があると思った。

「最近、榊の情報が面白いんだよ」

押小路は篠宮に言った。

「かなり活発に動いているようですが、中国国内でも彼女が日本人だとは気付かれていないようです」

「目立っているのか」

「中国外交部が榊の出入国をチェックしています。ロシア、アフリカに頻繁に行くスイス国籍の美女で通っています」

「中国国内ではマークされていないのか」

「今のところ、スパイ容疑はかけられておりません」

「時間の問題ではないのか」

押小路の目がメガネの奥で光っていた。

「かつて香港の中環《セントラル》にある外資系ホテルで行われた深圳経済特区主催のレセプションへは、榊は経団連関係者としてすんなり入り込んでいましたので、私も驚いたのですが、当時からスイス人で通していたようです」

「スイス人の経団連関係者って、よく考えてみれば妙だな」

押小路は笑った。

「そこが彼女の面白いところで、日本人の母親が有力者という触れ込みでした。実際、彼女の母親は社交界でも有名ですが」

「そうだったな……在日本中国大使館の連中も当然チェック済みのことだろう」

「彼女の母親は今でも年の半分はスイスで暮らしているようですから、まんざら嘘ではありません」

「スイスという国の面白さだ。中国の要人の子弟だけでなく、北朝鮮のトップもスイスで教育を受けているくらいだ」

「バイリンガルを養うには最も適した場所と言っていいのでしょう。ほかならぬスイス銀行と傭兵が存在する国ですから」

「バチカンを守るのもスイス衛兵隊だったな」

一五〇〇年代初頭からバチカンを警備するのはスイス衛兵隊であり、未だにこのシステムが踏襲されている。一八〇〇年代後半にスイス憲法が改正され傭兵の輸出を禁じるようになったが、バチカン市国のスイス衛兵のみは、「ローマ法王のための警察任務」という中世からの伝統を守り、唯一の例外として認められている。一口に警察と言っても使用する武器は拳銃だけでなくライフル兼用自動小銃も含まれている。

「その傭兵の血が混ざっているわけでもないだろうが、榊の行動力には驚かされるな」

「私も彼女がここまでやれるとは思っていませんでした」

「アフリカでも相当やっているようだな」

「村の襲撃者を相手に戦い、見事撃退しましたからね」

「だんだんやることが派手になっているんじゃないか」

「いえ、今回のナミビアではおとなしくしていました。ただ、ウラン鉱山で無防備な姿で働かされる現地人を何とかしたいと」

「アフリカのウラン鉱山ではどこも似たようなものなんだろうな」

冴子の情報は的確ではあったが、その次に打つ一手の構想が記されていなかったので押小路は篠宮に尋ねた。

「榊はどこに止めを刺すつもりだろう」

「はい。彼女のレポートにはその点が欠落していますが、兵糧攻めを考えているのではないかと」

「岡林たちと同じか」

「岡林の作戦、闇銀行やそこから投資を受ける会社だけでなく、これに投資する者も含めてぶっ潰そうというものです。榊は最低限度の範囲で投資者の保護を考えています」

「それは矛盾があるだろう。経済事犯にソフトランディングは必要ない」

押小路の考えは水原支局長に近かった。

「善良な市民を巻き添えにしたくないという考えが彼女の根本にあるのでしょう」

「中国で善良な市民というのは、十二億人強の農民や一般労働者のことなのか。数千万人の党幹部や富裕層のことなのか。それとも五千万人ほどの下層共産党員なのか。そのことなのか」

「おそらくは十二億人の中で細々と預金を持つ者のことかと思います」

「すると国民の半数ということになるが、それを榊は皆救えるとでも思っているのか。理財商品に手を出すことができるのは、ほんのわずかだろう」

「彼女も武器不正輸出業者を徹底的に洗っていますから、そこをターゲットにしているのだと」

「うむ」

「榊は正直者が馬鹿をみることを本当に嫌っていますから。アフリカであろうと中国であろうと関係ないのでしょう」

「そこが岡林の合理主義と考えを異にするところなんだろうな」

「岡林はあらゆる意味で破壊工作のプロですからね」

「軍施設ばかりでなく、居住棟までふっ飛ばしたからな。本来なら懲罰ものだったんだが、彼らが全て日本のシステム攻撃にかかわっていたことが明らかだったことを考えるとやむを得なかったと言い張るしかない」

「榊の場合は残された子供や親のことを考えてしまうのでしょう。女性ならではの発想かも知れません」

篠宮は肩をすくめる。

「その榊からの情報は、中国の対北朝鮮政策にも及んでいる。ウラン絡みだ」

「北朝鮮は、中国がアフリカでウランを獲得してしまっては困るわけですが」

「今中国は、ただ北の内部崩壊を待っているように見える」

「それは私の情報とも一致します。北がナンバーツーを排除した際に『中国の犬』と広報しましたが、中国は取り合わなかった。おそらく北の崩壊が近いと考えているからでしょう。となると、崩壊後の三十八度線対策が問題になります」

「韓国もなあ。韓国経済と、その外交が多くの国から批判を受けている。いくら対日強硬策ばかり唱えても、諸外国はかかわりたくないだろうね」

「結局はカネ目当て、という魂胆がどの国からも見え見えですからね。もう少し大人の対応をすればいいのでしょうが、それができない国内情勢にあるわけで、韓国野党、さらにはマスコミもこれに気づいていないのが悲しいところですね」

「日本政府は無視を決め込んでいるのだろう」

「はい、久しぶりの安定政権という強みがあります。対中国対策も消極的姿勢に終始するでしょう」

「逆に中国の富裕層は政治と経済を切り離して考え始めている。尖閣問題で揺れた一年間、富裕層の足は日本から韓国に向かったが、再び、彼らは日本を訪れるようになった。韓国もその原因をしっかり分析すればいいのだが、その点についてはあえて言及しない姿勢だな」

「中国とアメリカは再び朝鮮戦争を起こす必要はないと考えていますが、北を中国が実質支配することになれば、韓国の立ち場がありません。韓国の中国への接近もその点を考えた上でのことだと思います」

「日本は積極的には動かないだろうが、仮に朝鮮半島を中国が押さえることになれば、尖閣と竹島、ダブルで中国との争いになるからな」

篠宮は彼自身に入ってくる中国共産党の内部情報を的確に分析していた。

押小路がそういえば、と首をかしげる。

「ひとつ気になることは、榊の情報がロシアの財界情報と酷似していることなんだ」

「確かに彼女はロシアにも入っています。しかしそれは対アフリカ情報を入手するためと考えていましたが」

「とあるルートからの情報では、日本が北に原発を創ってやって、その見返りに北のウランを得ようとしている……というものだ。確かに、何年か前に、その試算をしたことはあることはあるのだが、日本がウランを手に入れても、この売り先が中国では意味がない……ということで立ち消えになっていた話だったんだが……」

「そんな笑い話のような話があったのですか？」

「北がエネルギーを喉から手が出るほど欲しいのはわかっている。しかし、北の政権は今のままでは間違いなく瓦解する。一方で徹底した倹約令を出しながら、他方では遊園地やスキー場などの娯楽的箱物を作って幹部の機嫌を取っている。もう末期的だ。崩壊のタイミングを正確に測る必要がある」

「時間の問題ですね」

「北は当面の敵をどこに設定するつもりなのか。南かアメリカか日本か。最も血を流さずに済む敵は日本ということだ」

「ミサイルを飛ばして来るということですか」

「そうだな。不用意な渡朝は人質になる可能性もある。赤十字も含めて慎重な対応が望まれるのだが、アホな国会議員が意味もなく行きたがる」

「そんなのは見殺しでもいいのではないですか。どうせカネが目当ての連中でしょう」

「まあそうなんだが、腐っても国会議員だ」

「そういう輩《やから》の真の目的を暴けば、マスコミも国民感情も鎮まるのではないかと思います」

「過激だな。岡林に感化されたか」

押小路は呆れた顔をして言った。

第七章　罠

「中国の財政部が妙な動きをしています」

「具体的には？」

「工商銀行を通じた理財商品のうち、日本企業とかかわりがある商品の投資状況をチェックし始めたのです」

「日本企業といっても幅が広いじゃないか」

「環境ビジネスと原発関連、さらにこれらに投資しているベンチャーキャピタルが相手なのです」

水原北京支局長に大里が報告を上げていた。

大里は津村が作成した闇銀行データを独自ルートで開拓した中国金融関係者に検証させていた。

「闇銀行の投資状況を工商銀行は把握できているのか」

「おそらくは、ほんの一部に過ぎないと思いますが、少なくとも工商銀行が後ろ支えをしている複数の大手闇銀行に指示を出した模様です」

「香港ファイナンスは狙われていないのか」

「香港ファイナンスへの振込みは工商銀行経由ですので、当然調査が入っているはずです。しかし、香港ファイナンスの金の運用は、全く別の闇銀行を使っておりますし、金額も分散しておりますので、特に問題はないかと思います。ただ……」

「どうした」

「三亜パールに対する投資は工商銀行から引き出した全額を、分割はしましたが投入していますので、香港ファイナンスと三亜パールとの関係が知られてしまう可能性があります」

「三亜パールは最近中国国内では目立った動きをしているしな。もちろん三亜パールの背景に日本企業が付いていることは当局も知っていることだろう」

「はい。桐朋化学の水質浄化用逆浸透膜を大量に使用していることは新聞にも紹介されています。ただ」

「何だ」

水原は眉を顰《ひそ》めて訊ねた。

「三亜パールは直接の投資話を全て断っているのですが、三亜市の真珠養殖関連で異常な額の理財商品が出回っているのが気になります」

「偽の投資話だな。この件を岡林は知っているんだろう」

「何とも……岡林さんの動きを一旦止めたほうがいいかとも思います」

「さすがに早い情報だが、岡林は今回の不良理財商品の出現を見越していたんだ」

「そういうことだったのですか。しかし、当局も想像以上の投資が増えたこの理財商品に注目したようです」

「そうだろう。一商品にほんの数日で二十億元、日本円にして三百二十億円もの金が流れたんだからな」

「その金が将来的に焦げ付くことを当局もわかっているのでしょうか」

「投資先になっている会社は、もともと岡林が作ってやったようなものだからな。おまけに岡林は政府要人の覚えもめでたい立場だ。当局が岡林を守ろうとしているのかも知れないな」

「そこまで信用されているとなると、岡林さんもかえってやりにくいかもしれませんね」

大里は当局の動きと意思を確認したいと思った。

「つい最近まで、中国政府は理財商品の販売会社やネット仲介を全く規制していませんでしたが、ようやく今になって包括的な監督体制を整える方針を打ち出してきたのです」

「中国人民銀行でさえ全く把握していなかったということなんだろう」

「そうですね。中央銀行が全く気にかけていなかったというよりも、中央銀行そのものが闇銀行にこっそり貸し付けて隠れた利益を得ていたようですし、その利益をヘッジファンドにも回していた形跡があります」

ハイリスク、ハイリターンが売りのヘッジファンドは、各国の法律や規制をできるだけ避けるため、租税回避地に設立されることが多く、各国の金融当局もその実態をつかむのが難しくなっている。このためヘッジファンドの規制や監督の強化を求める声も出ているのが実情であるが、多くの富裕層が利用している米国はこれに反対している。

「拝金主義と権力闘争の中国では、いかに裏金を作るかがリーダーを目指す政治家にとっては大事だ。それで、今回の岡林ルートも引っ掛かってくる可能性があるのだな」

「そう思われます。ただ、岡林さんは中枢にかなり太いパイプを築いているようにも思えるのですが、それがまた、権力闘争に巻き込まれるおそれもあるのです」

「確かに最近の岡林情報は国家の意思決定に関するような基幹情報が多く、特に外交情報は群を抜いている。奴に限って油断はないとは思うが、フォローしておいてくれ」


中国人民銀行では急遽、国内闇銀行の実態調査チームが設けられた。しかしこの目的は本来の経済政策というよりはむしろ政治的思惑が強かった。

「三亜パールの理財商品が急増しているようだが」

「三亜市の真珠養殖とはなっていますが、これが三亜パールに直接融資するものかどうかは明らかではありません。あそこには日本資本が間接的にではありますが介入していますし、真珠よりもむしろ水質浄化の方が注目されています」

実態調査チームのリーダーを任された副経理が調査部長を呼んで話を聞いていた。

「しかし、どうしてここまで真珠販売が急速に伸びたのか。日本企業の力だけとは考えにくい」

「大きな広告塔を持っているのです。元中央政治局委員のお嬢様、楊鈴玉です」

「張外交部長の奥さんだろう。豚に真珠とはまさにこの夫婦のことだな」

「……部長夫妻は年に二度は三亜市を訪問されていますが、そこで三亜パールと接点があったようです。しかも三亜パールの総経理は三亜市の郭公安局長の妻ということです」

「公安がかかわっているのか」

「昨年までは三亜市の公安署長だったのが、今や公安局長に上り詰めています。相当な賄賂を配ったのでしょう」

「巧いことやる奴はどこにでもいるものだ。真珠と公安が味方となればまだまだ上り詰めそうな勢いはあるんだな。恩を売っておいた方がいいかも知れないな。この理財商品の金の流れを徹底的に調べるんだ。どんな些細な情報でも報告するように」

調査部長は直ちに踵《きびす》を返した。

岡林は虚偽情報に基づく理財商品情報を三亜市の公安局長に昇任した郭から入手していた。

「融資をしつこく申し入れられたのですが、ご指示どおり全てお断りしています」

郭は言った。

「融資を受ければ楽に拡大できますが、その分、利益も減ってしまいます。事業を拡大して粗悪品を作ってしまっては意味がないし、必ず模倣者が出てくる。さらには副産物でもある水質浄化のノウハウを盗まれては何もなりません」

「全て承知しております。しかし、闇銀行は三亜の真珠養殖目的に十億元単位の資金を調達したようです。どこに投入するつもりなのでしょう」

郭は不思議そうな顔をして言った。彼はまだ経済の勉強をしていないのだ。

「集めた金は運用して利益を稼ぎ出さなければなりません。ハイリターンが求められる世界ですからね。ただし、その前提にハイリスクを負う必要があることを投資家は知っています。だから、彼らは企業情報というものに敏感で、あらゆるルートを使って投資先の経営状況を確かめているんです。もう少し待って、三亜パールという会社が一切の融資を受けていないことを公表しましょう。そして、現在販売されている三亜市の真珠養殖に関する理財商品とは全く関係がないことを明らかにするんですよ」

「そうするとパニックが起こるのではないですか」

「不正を働く奴にはそれくらいのリスクを負ってもらわなければ。それがクライシスの段階になっても仕方がありません。ただし、理財商品との無関係の事実を表明する前に、三亜パールの株をまず株式分割しましょう。それから株価が上がるのを待つ。おそらく一気に二十倍くらいの価格にはなるだろう」

「二十倍……ですか？　一株をどれくらい分割すればいいのですか？」

「そうだな……一株を百株に分割すれば、株価が二十倍上がって元金の二十倍になるだろう？」

「二十倍……ですか……」

郭は言葉を失っていた。もともと、会社設立にあたっては一元の金も出していない上に、妻を社長に据えてはいるものの、実質的なオーナーなのである。株式の三〇パーセントを岡林に与えている代わりに経営のノウハウは全て岡林に任せているのだ。現在の発行株数は千株。うち二百株を楊鈴玉に渡している。これは広告塔と情報提供の両面の意味合いを持っていたが、郭は後者のことは全く知らされていなかった。

「現在の二百株は手放してもいい。それが当面の株主であるあなたの利益です」

「二百株を百倍にすると、二万株ですが、その単価はどうなるのですか」

「それは市場が勝手につけてくれますがもともとは一株百元だから、二十倍として四十万元というところです」

岡林が笑うと、郭は唸るように言った。

「四十万元ですか……」

「それが市場原理というものです」

「今の金持ち連中は、みんなこうやって財を得たのですね」

「みんながみんなそうだとは思いませんが、時流に乗った連中は似たり寄ったりのことをしたはずです。金のなる木を生み出すことができれば、後は黙って金が入る。ただし、そのタイミングを逸しないこと。まあ、三亜パールがこれから衰退することはまずないでしょう。それから、この国でビジネスをやるなら政治の動向をつぶさに見ておくことも大事だ。あなたの大好きな張外交部長も、いつ潰されるかわかりませんから」

「それで奥様を株主に選んだわけですか」

「彼女は賢い方です。そして何よりも彼女の父君が経済的に自立している。最終的には彼女の父君の会社と合弁を組んでもいいと思っています。その時は楊鈴玉が社長になっていることでしょう」

「先生はそんなに先のことまで読んでいらっしゃるのですか」

唖然とした顔で岡林を見つめる郭を、岡林は他省庁から出向してきた出来の悪い部下に仕事を教え諭すような気持ちで見ていた。

＊

冴子は諜報課のデータベースを使い中国国内の闇銀行に関するデータをチェックしていた。驚くほど詳細なデータは全て複写禁止となっており、当然ながら写真撮影も禁止されている。ただし、資料室に申請すれば必要部分については形を変えてデータとして渡してくれる。

「いつの間に、誰がここまで調査したのかしら」

冴子の情報では闇銀行に関するデータは中国国内でもわずか一〇パーセント程度の把握率と聞いており、冴子が知る限りの各国の国家諜報機関が喉から手が出るほど欲しい資料に違いなかった。

冴子がアフリカで調べ、さらにロシアのワレンスキーがもたらしてくれた情報を重ねあわせて得た情報を裏付けする資料である。

「友好紅軍公司」

友好紅軍公司は包頭にある重機会社であるが、その裏資金を自ら経営する闇銀行から運用していたのだ。

「ここの理財商品は全て武器不正輸出に関係するものばかり。それに投資した連中も確信犯ね」

この闇銀行の取り扱い総額は五百億元という金額だった。さらに投資した個人投資家には党幹部に加え、軍関係者も多く名を連ねていた。

「どのタイミングで破綻させるか」

冴子はかつて土田が教えてくれた中国系の武器不正輸出会社「武漢《ぶかん》工機公司」をチェックしたことを思い出した。

このところ武漢工機公司が扱う戦車がアフリカのいたるところで破壊される事案が発生したため、投資元の闇銀行が独自で調査を始めていることが内部調査の結果判明していた。この被害総額だけでも百億元近かったからだ。

「土田さん、相変わらずやってるんだ……」

さらに土田が狙っているのはヘリ部門の武器不正輸出会社「成都《せいと》航空公司」であるらしかった。このために土田に三機の爆撃用ラジコンヘリを引き渡していた。軍用ジェットヘリならば単価は戦車の十倍は軽く超える。もし、これが十機、引き渡し前に破壊されたとなると被害は甚大である。戦車同様、不正輸出であるだけに保険をかけることができない。

「投資家にどうやって事実を知らせるか」

冴子は土田に相談することにした。

「土田さん。ヘリの輸送手段は摑んだの」

「ああ、十機が来週こちらの基地に到着する予定。紅海から陸揚げしてそこの工場でローター類を取り付けて、全機テストフライトを行った上で最終的な引き渡しになる」

「金銭の支払いはどうなっているの」

「こちらの慣例では、引き渡しが終わった段階で契約が完了となる。つまり、今回はスーダンの武装勢力が買い付けているので、スーダンにある彼らの基地に到着してから金が支払われるはずだ」

「どこでやるつもり」

「スーダンに飛び立つ直前が狙い目かな。格納庫ごとふっ飛ばしてやろうと思っている」

「準備は万端というところね」

「まあ、武漢工機公司の方はスポンサーの闇銀行が調査に動き始めたので、しばらくは手を引きますよ」

「その情報はどこから入ってきたの？　私もつい今しがた聞いたばかりで、トラップにかからないように注意しようと思っていたのよ」

冴子は土田がアフリカにいながらも、中国国内の情報を入手していることに驚いた。

「アフリカで仕事をしているとき、フランスの調査会社から聞いた話でね」

土田が楽しそうに言う。

「広い人脈ね」

「例のアレクサンドリアの彼女が取ってきてくれたんだ。フランスの調査会社の男がマッサージ店の顧客でね」

冴子は土田の情報ルートに舌を巻いた。

「実はお願いがあるんだけど」

「僕にできること？」

「ヘリの破壊が確実に終わった段階で、私に速報してもらいたいの」

「友好紅軍公司でもぶっ潰すつもりか」

「え、どうして」

冴子は土田の洞察力の深さに驚いた。

「友好紅軍公司が武器不正輸出会社専門の闇銀行であることは諜報課で共有されている。友好紅軍公司の最大取引銀行である興亜銀行が不動産向けの一部貸し出しを停止したことをご存じかな」

「え？　それってメザニン融資を停止したということなの」

メザニン融資とは、一般的な無担保融資より経営破綻時弁済順位が低い劣後債や劣後ローンなどの、銀行にとって一般的な融資よりハイリスク、ハイリターンの融資である。株式と融資の中間的な位置づけとなるためメザニン（中二階）と呼ばれているのだ。

「興亜銀行は中国国内第八位の準大手銀行だから、この影響は大きいだろうね」

「不動産株が急落する可能性があるわね。その影響はどこまで響くかしら」

「ＢＲＩＣｓ株ファンドからの金の流出が止まらない状況だ。特に中国株ファンドは昨年から十五億ドル流出している」

ＢＲＩＣｓはブラジル、ロシア、インド、中国の四新興国の略称である。ブラジル以外の三ヵ国は比較的財政基盤は安定しているものと見られていたが、新興国筆頭の中国の闇銀行デフォルト疑惑が金融不安に火をつけた格好となっていた。

「友好紅軍公司はダブルパンチを受けることになりそうね」

「何事も悪いことは重なる」

「でも、アフリカにいても中国の経済情報まで入手できるって、土田さんの情報網って凄いのね」

「冴子さんだから教えるけど、今回の興亜銀行の情報は丹東《たんとう》からもらったんだ」

「なるほど。まだお付き合いが続いていたのね、丹東市役所の彼女とも」

「まあね。ヘリ攻撃は三日以内に行う予定だから、心づもりをしておいてくれよ。それから、岡林さんが党内の権力闘争に巻き込まれる可能性が出てきた」

「えっ、どういうこと」

「何でも岡林さんが付き合っている党幹部が更迭されるらしい」

「それは誰なの」

「元副首相の秘書を務めていた、張外交部長だ」

「秘書？」

冴子が怪訝そうな声を出すと、土田が答えた。

「中国で指導者の秘書のポストは幹部の登竜門だからな。何しろ一党独裁の不透明な社会だ、トップダウンの指示系統を熟知できる秘書の職は深い。自ずと人脈も広がりますし、秘書ネットワークというものもできてくる。外交部長というポストは駐米大使並みの重要ポストで、そのポストに四十代で就任すること自体大変なことだ。周囲からの風当たりも強かったようだが、彼の奥さんがまた太子党のスーパーエリートで、しかも絶世の美女らしい」

太子党とは党の高級幹部子女グループのことである。

「そういう人を押さえていたんだ……おまけに奥さんが絶世の美女なのね。悪いけど今の情報を全部、支局長に速報してもらえるかな。ちょっと気になる……」

電話を切ると冴子は友好紅軍公司の株主リストを詳細に確認した。

「やはり軍関係者が多いのね。潰してやるから見てなさいよ」

岡林は三亜パールの株式分割を確認して上場の準備に取り掛かった。

総株数十万株のうち、公安局長の二万株と岡林の一万株の計三万株を公開するのだ。

株式公開の噂はあっという間に広がり、未公開株の株価が半日で三十倍に跳ね上がっていた。ベンチャーキャピタルの動きも活発になり、公安局長の郭では対応ができない状況になっていた。

「予想以上の市場の反応だったな」

「先生、驚きました。私はどうしたらいいでしょう」

「まず、あなたの奥さんが勝手に株式を処分しないようにしておいて下さい」

「彼女は名前だけですから、処分はできません」

「いや、法的には代表取締役社長で筆頭株主だ。周囲からの雑音に惑わされてしまう場合がある。目先の金に目が眩んで余計な文書を書くことがないよう、厳重に指導しておいて下さい。株を持っていれば安心だということをしっかり伝えておくことですよ」

「はい。すでに彼女の親族から株の譲渡依頼が来ているようです」

「会社に雇ってやるのはいいが、株の譲渡は絶対に許してはなりません。すでに株ブローカーや反社会勢力も動き始めています。今が一番肝心な時です。今回の三万株だけで、現在一株あたり三千四百元に跳ね上がっています。公開となるとさらに跳ね上がりますから」

「そんなに……」

「七千万元が間もなく手に入る」

「ありがたいことです。何でも先生のご指示に従います」

郭との電話を切ったところに水原北京支局長から電話が入った。

「岡林、相変わらず商売繁盛のようだな」

「ありがとうございます。なんとか商売の方は軌道に乗った感じです」

「ところで、その株式に関係して財政部財政監督司が妙な動きをしているようなんだ」

「財政部財政監督司ですか。理財商品のチェックを積極的にやっている旨の情報は入っておりますが」

「三亜関連の理財商品が出回っているそうじゃないか」

「三亜パールとは全く関係がないのですが、一般投資家が受けるイメージは三亜パールそのものでしょう。これに関しては株式の公開で対抗しようと考えているところです。公開情報もすでに広がっておりまして、未公開株に三十倍の数字が付いています」

「公開すると大騒ぎだな。お前も株を持っているのか」

「三〇パーセント保有しております」

「億万長者だな」

電話の向こうで一瞬水原支局長の含み笑いが聞こえた。

「ところでその株主に張外交部長関係者が含まれているのか」

「はい。夫人の楊鈴玉に二〇パーセント渡しております」

「太子党のスーパーエリートで、しかも絶世の美女という報告を受けているが」

岡林の背筋に汗が流れた。

「彼女には三亜パールの広告塔を担っていただいております。淡水真珠の養殖ができるようになったのも彼女の助言があったからです」

「張外交部長が更迭されるという話を聞いているか」

「……」

岡林は驚かなかった。なぜなら、夫を支えていた鈴玉の心が彼から完全に離れていることから想像はついていたからだった。

「更迭されてお前に影響はないのか」

岡林はめまぐるしく頭を回転させた。

「張は数十人抜きの抜擢人事だったことで、羨望とやっかみの的になっていることは確かです。私が考えても早過ぎる人事だったと思います。地方の主要都市の書記に一旦降りて、復権する機会を狙うだろうと思います」

「すると更迭というわけではないな」

「現政権が安定を狙っているということでしょう。あまりに側近を集めすぎると巻き返しが来ますから。本人が一番わかっていることだと思います」

「三亜パールの株式公開には特に影響はないのか」

「株主はあくまでも楊鈴玉ですから。彼女が太子党のスーパーエリートであることはともかく、彼女の父親は今や確固たる実業家の地位を築いています。それも環境ビジネスですから、三亜パールとしても夫人とはまだまだつながっていたいというのが本音です」

「当局からのトラップに掛かる心配はないのだな」

「今のところ大丈夫だと思いますが、慎重に動きます。三亜パールの金を国外に出すつもりは全くありませんので、財政当局が攻撃を仕掛けて来ることは考えにくいです。全ては水面下の動きで、本当の狙いは一切明かしておりません」

「分かった。岡林、今後の戦略を詰めたいので、北京支局へ来てくれないか」

*

「闇銀行に関しては榊からも指摘が届いている。どうやら彼女も今回は花火を上げるよりも頭脳プレーで敵を兵糧攻めにする策を練っているようだ」

「しかし、その中国の闇銀行にせっせと投資している国がありますよ」

水原は岡林を自席に呼んで闇銀行の最新の動向に関する情報を聞いていた。

「韓国だろう？　韓国政府は一九九七年のアジア通貨危機をきっかけにＩＭＦに救済を求めて、ＩＭＦの管理下でなんとか財政再建や金融機関のリストラ、財閥解体などが実施されたが、再び似た状況が来るのではないかというのがアメリカ政府の見立てだ。反日もいいが、自爆だな」

「朝鮮事大主義の最終段階が近づいて来ています」

「朝鮮民族の生き残りをかけた戦いが始まるといっても決して過言ではあるまい」

「対中依存の結果です」

「中国の社会科学院は最近、闇銀行の規模について、約二十兆元（約三百二十八兆円）と、驚くべき数字を公表している。一方でゴールドマン・サックスが中国のバブル崩壊時の貸倒損失を最大約十八兆元（約二百九十七兆円）に達する見通しと発表したんだ」

「人類史上空前の不良債権ですね。その不良債権に投資する韓国はどうするつもりなのでしょう」

「韓国はＫＣＩＡの解体による情報収集の行き詰まりが、現在の経済的疲弊を招いていると言っていいだろうな。大統領が天寿を全うできるくらいの国家にならない限り、世界からは相手にされないよ」

国家成立以来の十人の元大統領で本人もしくは家族が暗殺、自殺、逮捕、クーデターなどに巻き込まれなかったのはわずか二人しかいない。それが大韓民国の政治レベルだ。

「国内に問題を抱えている国家は、常に仮想敵国を作っていなければならないわけですね」

「常に権力闘争が続いている国家とはそんなものだ。韓国は中国の高度な政治戦略にからめとられてしまったんだ」

「権力闘争とはまさに中華人民共和国のトップの歴史ですね」

「有事の際に韓国を助ける国がアメリカの他にどこがあるか。その時日本はどう動くのか。ここを真剣にシミュレーションしておく必要があるわけだが、我が国にそのような機関は存在しているのか。日本版ＮＳＣはできたが、果たしてそれが将来的に機能するものかどうか」

「まずは彼らなりの中国、北朝鮮、韓国の三国間の近未来シミュレーションを示してもらいたいものです」

「それができれば苦労はしないだろうけどな。反日もいいが、もう少し賢くなってもらいたいよ」

苦虫を嚙み潰したような顔をして水原が言うと、岡林も頷く。

「歴史教育をネタにして中国が日米韓の同盟関係を崩そうとしていることに韓国は気づかないのでしょうか」

「間違っても日本に頭を下げたくないのが韓国だ。何でもいいから難癖をつけて金を引き出そうとしているようだが、今の日本政府はいちいち取り合わない余裕もある。アメリカも頭が痛いところだろうが、アメリカはロシアにも中国にも高圧的にでられないお国の経済事情がある」

水原が続ける。

「征服を経験した国とそうでない国の差がそこにあるんだろう。中国はアヘン戦争以降、あれだけ欧米列強に食い物にされたにもかかわらず征服されたとはこれっぽっちも思っていない。日本の満州支配も国のほんの一部、その他の地域も点と線が奪われたとしか考えていないからな。その点、朝鮮半島の歴史は悲惨そのものだ。

歴史教育の起点をどこに考えるかも問題だがね」

「日韓併合からというところでしょうか」

「そうだろうな、中国の習近平《しゅうきんぺい》もアヘン戦争以前の中国民族国家に復帰を目指すと言っているからな」

朝鮮半島の歴史は一三九二年から一九一〇年まで続いた最後の王朝、李氏朝鮮を見なければならない。

王朝とはいえ成立間もなくから中国の明に朝鮮国王として冊封《さくほう》を受けており、王朝が明から清に替わった十七世紀以降も、引き続き李氏朝鮮は中国王朝の冊封体制下にあった。冊封とは中国皇帝である「天子」と近隣の諸国・諸民族の長が取り結ぶ、名目的な君臣関係を言い、「宗主国」と「朝貢国」の関係である。

日清戦争後に日本と清国との間で結ばれた下関条約は李氏朝鮮に清王朝を中心とした冊封体制からの離脱と近代国家としての独立をもたらした。これにより李氏朝鮮は一八九七年に国号を「大韓帝国」と改め、以後日本の影響下に置かれた。

その後主権の制限過程を経て一九一〇年八月の韓国併合によって、最終的に日本に併合されて国家としての李氏朝鮮は終焉を迎えた。

「日韓併合から日本の敗戦までの三十五年間が、彼らが言う『歴史』なのでしょうが、何をどうして欲しいのか」
岡林も思わず腕組みをしていた。

三亜パールの株式上場は驚くほど早いスピードで香港市場に登場した。これもまた許認可業務のあらゆるポイントに金配りを行った結果である。

初値はストップ高で一株三千六百元。三万株が瞬時に売買された。岡林の手元にも手数料を引いても三千万元以上が入っていた。

これと同時に岡林は三亜パールの広報担当役員に香港で記者会見を開かせ、現在発売されている三亜市の真珠養殖に関する理財商品が三亜パールとは一切関係のない商品であることを発表した。これはあくまでも株主保護の観点からの発表であり、一般投資家に対する警告でもある。

慌てたのは闇銀行友好紅軍公司とこれに資金注入している準大手銀行の興亜銀行だった。

「一斉に売り注文が出たようだな」

「彼らはその理財商品で集めた金を別のところに回していたようです」

岡林は香港のディーラーと情報交換を行っていた。

まさに友好紅軍公司と興亜銀行が不良商品販売疑惑でパニックに陥っている時、驚くべきニュースが映像付きで香港市場を駆け巡った。

「ソマリアの首都モガディシュ付近の航空基地で中国製軍用ヘリコプター十機が爆破された」

というニュースで、映像は白昼、格納庫の扉が開いたままの状況で直近から格納庫内部が撮影されていた。立て続けに中国製軍用ヘリのWZ－一〇（武直一〇型）が爆発炎上していた。

爆発事故発生からわずか数時間後に流された映像だった。映像の提供者は不明ではあったが、映像は鮮明でコンピューターによる加工がされていないことは、爆発現場だけでなく、これの消火に当たっていた人物や消火用具の様子からも明らかである。

ニュースを受け、直ちに中国外交部報道官は、

「ソマリアで発生したヘリコプター爆発事故に関して、中国政府はこれに一切関与しておらず、国家的な武器輸出に伴うものではない。ヘリコプターの流通経路について現在調査中である」

という旨の経過を報告した。

中国人民解放軍空軍は直ちに事実確認を行ったが、このヘリを開発した中国直昇機研究開発研究所第六〇二、六〇八研究所と昌和飛機工業公司は同型機であることを否定し、作業協力を行ったヨーロッパのヘリコプター社が開発した別機種であると発表した。

しかし数日後、友好紅軍公司の総経理が自殺し、その経営破綻が報じられると、関係者の間からは「やはり、あの爆発したヘリは武直一〇型だったのだ」という噂が飛び交った。同社の経営破綻により同社が発行した理財商品が全て紙屑と化した。被害総額は五十億元だった。

理財商品を巡っては、購入者が販売会社である闇銀行に対して返金を求める抗議活動が起こることが多い。これは口頭で「元本保証」をうたって販売する闇銀行が多く、債務不履行が発生した際に、闇銀行と投資家のどちらが損失を負うのかトラブルになりやすいからだ。正規の銀行は理財商品の販売委託を受けているだけなので、元本支払い義務を負っていない。つまり闇銀行が破綻した場合、これを救済するために国家が動かない限り元本が保証されることはないのだ。

「悪の投資家が千人はいたでしょうね」

な」

冴子は唸った。

「それも詐欺師のような手口で、しかも殺し屋に手を貸して儲けている奴らだから

「武器商人とはまた違った悪質性があるわね」

「まあ、これで数万人の命が助かったことは事実だ」

冴子と土田は予定どおりの動きに満足していた。すると土田が唐突に、

「三亜パールに手入れが入っているようなんだ」

と眉をひそめた。

「えっ、どういうこと」

「岡林さん、トラップに引っ掛かったのかな」

「トラップ……？　何の罠に？　誰が仕掛けたの」

冴子は気が気ではなかった。

「岡林、三亜パールに財政当局が調査に入ったそうだな。お前は大丈夫か」

「えっ」

水原のこわばった声に岡林は一瞬受話器を強く握る。

「三亜パールの経営には問題はないはずです。経理もしっかりしていますし、納税もきちんとしています」

「何か付け込まれる問題はないのか。そうそう財政当局の手入れが入ることはないと思うのだが」

「張か、奥さんか……」

岡林はすぐにタブレット型コンピューターを取り出すとキーボードを操作した。

「株式は未だ停止されていません。張が党中央に呼ばれているようです。公開した株の新株主に反社会勢力が入っているようですね」

岡林の言葉に支局長が言った。

「お前は嵌められたんじゃないか」

「張が権力闘争に巻き込まれる可能性を考えて、楊鈴玉に投資しておいたのですが……。彼女は株を手放していませんし、何が目的なのかよくわからないです」

「ならば裏情報を取るしかないな」

水原は電話を保留にして支局員に指示を出したようだった。

「おそらく、向こうの狙いは三亜パール本体よりも、桐朋化学と組んだ水質浄化の分野だろう。お前の身近なところで、この業界に関与している者はいないのか」

岡林はハッとして言葉に詰まる。

「思い当たるところがありそうだな」

「楊鈴玉夫人の父親の会社が環境ビジネスをやっています。そして、彼女には二〇パーセントの株式を与えています」

「その話は聞いている」

岡林の背中に汗が流れた。

「鈴玉は広告塔という立場で、許認可業務に当たる中央や、地方役人への口利きをしていますが、実は不動産の購入にも力を貸してくれてるんです」

「不動産購入か……湖岸の遊休地なんじゃないのか」

「漁業権問題の解決にも尽力してくれました」

「それだけの関係か？」

水原は声を落として尋ねると岡林は黙った。そこに水原のところに別の電話が鳴った。

「私だ。……そうか。その元中央政治局委員がやっている会社のバックはどこなんだ？　なるほど……大学の研究機関を丸抱えしているわけなんだな……そのエリート娘はどうしているんだ？　そうか……わかった。継続捜査をたのむ」

電話を切ると水原は岡林に厳しい声で言った。

「三亜パールの浄化処理施設が封鎖されているそうだ」

「本当ですか」

岡林に衝撃が走った。水質浄化プラントの根幹がそこにあるからだ。

「現場で指揮を執っているのは、財政当局ではなく、元中央政治局委員が経営している会社の技術主任ということだ。張の嫁さんの親父の会社だろう」

「はい……しかし、一体どういう理由で一般企業の生命線とも言える技術分野に足を踏み入れることができたのですか」

「それは、社長が了解したからだ」

「三亜パールの社長が？」

「そういう報告だ。財政当局が入ったのは未公開株の分割と譲渡行為がインサイダー取引疑惑をかけられているかららしい」

「株式分割した未公開株は譲渡しておりません」

「当局との見解の違いだな」

「……」

岡林は二の句が継げなかった。二人の夫人に裏切られたことになるからだ。

「少し調子に乗りすぎたな。ところで、水質浄化は国家的なプロジェクトの一環だが、対処法はあるのか」

「技術担当に確認してみないことには即答できません。ただ、桐朋化学の危機管理担当者は中国にも長くいたため、それなりの措置を取っているとは思いますが」

岡林にしても桐朋化学のトップシークレットとも言える水質浄化の特許技術を、やすやすと盗ませるわけにはいかなかった。

「課報課がかかわっている以上、知的財産権の流出を指をくわえて見ているわけにはいかないからな。早急に確認するんだ。真珠なんぞはなんとでもなる。くれてやってもいい」

岡林はすぐに桐朋化学の技術担当者に連絡を取った。

「面白くない状況ですが、こちらもある程度は想定していました」

「知的財産権流出に関する対処法はあるのか」

「逆浸透膜による水質浄化には微弱電流が流れています。これに少しの圧力をかけ水を循環させることによって継続的に浄化させるシステムです。そしてその微弱電流と圧力はブラックボックス内にある制御装置で調整しているのです。日本の自動車会社がハイブリッドなどの主要部品をブラックボックスで隠しているのと同じやり方です」

「ブラックボックスを解析されない限り安全ということなのか」

「百パーセント安全とは言えないでしょうが、無理にブラックボックスを開けようとしたり、故意に電源をいじったりすれば自動的にセンサーが感知して全ての動作を停止、もしくは自壊するようにできています」

岡林はその対応を聞いて落ち着きを取り戻した。

「逆浸透膜本体の技術はどうなんだ」

「ある程度近いところまでは盗むことはできるでしょう。ただし、これから構造を盗んで、さらに研究開発して、生産できるようになるまでには最低でも五年はかかるでしょう。それならば、まだうちから買った方が安上がりというものです」

技術担当者は落ち着き払って話を続けた。

「今回の三亜パールとの共同事業は残念ながら失敗ということで、完全撤退を本社に報告いたしました」

「完全撤退か……三亜市の施設はともかく、淡水浄化施設はどうするつもりなんだ」

「私共で回収ができないとなれば、自壊させるしかありません」

平然と言う技術担当者に岡林が訊ねた。

「自壊って、どうするつもりなんだ？」

「過電流を流してやれば、ブラックボックスも逆浸透膜も一瞬で壊滅してしまいますよ。結構見ものですから、向こうの出方を現場でご覧になってもよろしいですよ。私も一応立ち会います。あくまでもスイッチを押すのは先方ですからね。笑って見ていればいいだけです」


岡林は楊鈴玉に連絡を取ろうとしたが、携帯電話もパソコンメールもつながらなかった。

郭へは電話がつながる。郭は恐縮した口ぶりではあるが、どこか醒めた態度に変わっていた。すでに巨額の資産を得た以上、下手に出る必要はないと考えているのだろうか。

「岡林先生、今回の当局のやり方には憤慨していますが、会社がなくなったわけではありません。次の策を講じて、なんとか立て直しますよ」

「誰が立て直すんだ」

「それは中央や、投資家、専門家と一緒に考えますよ。もし先生が手をお引きになるとおっしゃるのなら、お手持ちの株を原価で引き取っても構いませんよ」

「経営権が変わってしまったというのなら株式を引き取ってもらおうか」

岡林はすでに初期投資分の回収はできていた。手のひらを返すというのは共産主義の世界では当たり前のことで、郭自身も党内の権力闘争の中にすっかり身を投じてしまっているのだ。

「喜んで」

岡林は電話を切ると株式譲渡手続きの準備を始めながら呟いた。

「会社を経営したこともない素人はすぐに泣きを見るさ」

水原北京支局長から岡林に帰国命令が出た。岡林は自壊の現場を見たい気もしたが、逆にこの実行犯として当局に身柄を拘束されるおそれを考え、即日、命令に従って帰国の途に就いた。

＊

三亜パールの株価は値上がりを続けた。岡林が譲渡した株は郭夫人の親族に第三者割当増資を行ったが、この親族は全てを売却したため、株価の上昇を見たのだった。

養殖真珠の浜揚げまであと二ヵ月となると、三亜パールは今季の出荷目標を公表した。真珠貝の成長は順調であり試験的に採取した真珠の出来は極めてよかった。

三亜パールは闇銀行からの融資も受け入れ、新たな理財商品も生まれて順風満帆の経営と思われていた。

社長の郭夫人はすっかり経営者気取りで、新たな事業展開を検討していた。そのためには施設を拡大し水質浄化装置の増設が必要となった。

「養殖場を倍の規模にしたい」

経営コンサルタントも入って対策が練られたが、肝心の逆浸透膜の手配ができなかった。桐朋化学が撤退したため、中国産の逆浸透膜を使用することとなったが、これを設置する機材を作る必要がある。

「機械室も拡大しなければならない。専門業者に頼んで同じものを作らせて頂戴」

「同じものを作ることができるかどうかわかりませんよ」

「とりあえず、確認してもらって」

業者は地元の三亜市にはおらず、同じ海南島にある海口《かいこう》市から呼ばれた。

「この電気制御システムは水圧計の単位が国際標準規格ではないですね」

「どういうこと」

「通常、水圧の単位はヘクトパスカルで示しますが、これは独自の単位を使っています。そして何らかの部品に電圧をかけているんだが……」

業者の技師は機械室の計器やメインの制御盤、配線を見ながら話を続けた。

「おそらくこの黒い箱の中に集中制御の本体があるのだろうが、完全に密封されていて、箱を壊して中を見るしか手立てがありません。どうしますか」

技師は二メートル四方で厚さが五十センチメートルほどのブラックボックスを指さして言った。

「開けてみればわかるのね」

「この手のブラックボックスと呼ばれる装置には、様々な仕掛けがあることが多いのです」

業者は眉を寄せる。

「仕掛けって」

「無理にこじ開けると電気が止まったり、作動しなくなったりする可能性がありますす」

「日本人がそんな意地悪なことをするかしら」

「特許技術でしょうから、そう簡単に中心部を見せたりしないです。中心の基板さえ無事に取り出すことができればなんとか……」

技師も中身に興味はあるものの、その後の保証はできないと社長に告げた。

「とにかく、挑戦してみて」

業者は慎重にブラックボックスを確認してドリルで小さな穴を数ヵ所開けると、そこに電動糸鋸《いとのこ》を差し込んだ。ケースの金属板の厚みはさほどなかった。キーンという金属音が響き、まず五十センチ四方の金属板が取り除かれた。中には配線が張りめぐらされており、基板も大型コンピューターの中身のように整然と並んでいる。

「これは相当な装置ですよ」

「あれだけの水を安定して浄化させるのですからね」

興味津々に眺めていた女社長は得意気に答えた。

さらにケースの表面が大きく切り取られ、中が露出する。

「予想どおり下部は動力ですね。この基板を順次取り外して確認すればいいのでしょうが、そうなると電源を一度切らなければなりません。如何いたしましょう」

業者はいちいち女社長に確認しながら作業を進めた。

「電源を切るとどうなるの」

「一時的に浄化が止まるだけだと思いますが、これだけの基板を全部確認するとなると、一週間以上はかかってしまいます」

「一週間浄化を止めたら水は元に戻ってしまうかしら」

「養殖場の外周を逆浸透膜が覆っていますから、そんなに簡単に元に戻るとは考えにくいですね」

「それならばやってみて」

「わかりました。では電源を落とします」

業者がメイン電源を落とすとブラックボックスは予備電源に自動的に切り替わった。

「さすがに日本製の機械はよく出来ている。主電源が切れると同時に本体の予備電源が入る仕組みなのね」

ブラックボックスの予備電源スイッチはすぐに発見できた。

「ここの電源を切ってメイン電源を復活させれば、案外上手く行くかもしれませんね。どうしますか」

業者の言葉に女社長は苛ついたように答えた。

「私にはわからないわ。あなたに任せるからやってちょうだい」

業者はブラックボックスの予備電源も切った。

その時だった。ブラックボックス右上部にある赤いランプが点滅を始めたと同時に、メイン制御盤のランプが一斉に点灯し、計器の針が大きく振れる。

「どうしたの」

「わかりません」

わずか五、六秒のことだったが、機械室内にいた関係者の顔は青ざめた。

「落ち着きましたね。電源が全て止まりました。基板を抜き取ります」

業者は基板に接続されているコードに印をつけながら、順次基板を取り外し始めた。ブラックボックスには実に二十四個もの基板が設置されていた。

「おかしいな……」

業者は取り外した基板を眺めながら呟いた。

「基板の一部がまるで焦げているように変色している」

全ての基板の中央部にある赤い小さな正方形部分の表面がどれも熱をもち、焦げたように見える。

「その部分だけなの」

「はい。みんな形は同じなんですが、中身が微妙に違うと思うんです……でも、この部分だけ全ての基板の中心にあって、焦げている……」

業者の額に汗が浮き出ていたが、女社長はそれには気付かなかった。

「とりあえず会社に持ち帰って解析してみます」

東シナ海上空にある静止衛星がある信号を受信した。この衛星に搭載された送受信機は特定の信号を受信すると、四種類の信号を発信するようにプログラムされている。一種類は日本国内にある企業の情報センターに、残りの三種類は中国国内にある受信機に送られた。

「三亜パールのブラックボックスが破られたようです」

「自壊装置は正常に作動したのか」

「はい、正常に作動したものと思われます」

「現地情報に注意しておいてくれ。すると、他の三台も作動したんだろうな」

「現在確認中です」

桐朋化学テクノリサーチ社は桐朋化学ホールディングスにかかわるあらゆる情報分析に携わる。

「信号発信に伴う外部の動きはどうだ」

「中国当局も不審な電波通信に目を光らせていますが、単発のデジタル信号までチェックすることは不可能ですから。全く動きはありません」

「そうか……衛星画像データは届いているか」

「間もなくと思われます」


三亜パールの真珠養殖場で異変が起こったのは機械室から基板を抜いて間もなくのことだった。

養殖場の外周に張り巡らされていた逆浸透膜の壁が一瞬で消えてしまったのだった。これは瞬時に超高圧電流が逆浸透膜に流れたため、逆浸透膜の繊維が萎縮したことによる。壁の消失と同時にその周辺で多くの魚が浮き上がった。

近くで漁をしていた漁師は思わぬ大漁に喜んでいたという。市場で魚を確認しても毒物は検出されず、原因不明ではあるが、高圧電流によるショック死と認められ、魚はそのままセリに出されていた。

この知らせは公安局長の郭の耳にすぐに届いた。

「何があったのだ」

「理由がわかりません」

三亜パールの警備担当に話を聞いても、何もわからなかった。

「社長はどうした」

「今、技術主任と機械室に行っています」

「社長が何の用があって機械室に行っているんだ」

「よくわかりませんが、営業担当役員と業者も一緒に行っています」

「業者とは」

「海口市から呼んだコンピューター関連業者です」

「どういうことだ」

そこまで聞いて郭は社長である妻の携帯に電話を入れた。

「養殖場の逆浸透膜がなくなってしまったと聞いたんだが、何が起こったのだ」

「心配いらないわ。今、ちょうど逆浸透膜装置のコンピューター調整を行っているところよ」

「何のためにそんなことをしているんだ」

「規模を拡大するためよ。あなたは知らないでしょうが、大掛かりな投資をどんどん受け入れているのよ」

「何のことだ」

「理財商品よ」

郭は険しい表情で尋ねた。

「まさか、ブラックボックスに手を加えたわけではないだろうな」

「ただ黒い金属製のケースを開けて中を見ているだけよ」

「あのケースが開くわけがないだろう。どうやって開けた」

妻の話を聞きながら郭の手が震え出す。

「なんて馬鹿なことをしてくれたんだ」

その時、郭のもとに淡水真珠の養殖場から次々に連絡が入った。

「逆浸透膜のバリアーが一瞬のうちに消え、真珠貝が口を開け始めました」

「終わった……会社も人生も……」

郭は頭を抱えた。

一週間後、三亜パールの事業破綻が報じられると、理財商品関連会社だけでなく、株主が一斉に抗議行動を起こした。郭は自ら命を絶った。夫人は国外脱出を試みたが香港空港で身柄を拘束された。

三亜パールが経営している真珠養殖場が一瞬のうちに壊滅してしまったことにつ

いて公安当局はテロの可能性も考えて捜査を行った。しかし、その原因がブラックボックスを破壊したことによるということが判明した段階で捜査は打ち切られた。

一報を受けた土田は言った。

「三亜パール破綻による市場での損失は理財商品を含めて五十億元ということのようだ」

「三億円で始めた会社があっという間に七百億円の会社になったわけね」

「チャイニーズドリームか」

「岡林さんも日本に帰ってニヤリとしているでしょう」

「しかし、桐朋化学に損害こそ負わせてはいないものの無駄骨は折らせたわけだから……」

＊

結局、今回のミッションで冴子はアフリカの二十二ヵ国を回っていた。

行く先々の街で目についたのは、リトルチャイナタウンである。

そこには日本の中華街のような派手な装飾も、マンハッタンのチャイナタウンのような活気もない。どちらかと言えばホノルルのダウンタウンにある中華料理店が雑然と固まった一角に佇まいが似ている。しかし、特有の匂いと省略形の漢字が、そこが台湾系でない中国人の街であることを主張している。そこで話される中国語はさまざまな地方の訛りがあった。

そしてそこには明らかな血の伝達が認められるのだ。

「中国系移民はたくさましいわね」

中国の山間部に行けば、アフリカよりも貧しい土地はたくさんある。土地を与えられてそこで農業を行えば、中国で暮らすよりもはるかに生産性も商業的価値も高いのだ。

「百年、いや五十年後のアフリカには中国語が第二外国語、いや公用語になっている国があるかも知れない」

ワレンスキーとの会話を冴子は思い返していた。

「アングロサクソンにしても、ゲルマンにしても、スラブであっても、アフリカ人を対等の人種と考えた者はほとんどいなかったはずだ。しかし、中国は違う。彼らは民族の血を広げようとしている。中国系アフリカ人がこれからどのくらい増えていくことやら」

「もしその時まで国連という組織が残っていたら、中国の政治的な地位は大変なものになるわね」

「オセロゲームのように、現在の世界統治システムがひっくり返されてしまうだろうな」

オセロゲームという言葉が冴子の耳には複雑に響いた。白と黒が表裏にあるコマがパタパタと変わっていく。白人世界が黒人世界に変わっていくことを、スラブ系の白人であるワレンスキーが意識しているのかどうかはわからなかったが、その流れを止めることは困難なことのように思える。

「日本が同じような政策をアフリカで取れるとは思わない。やはり日本の政策スパンは目先のことだけになっているのではないかしら……」

冴子はキャリア官僚として霞が関に入ったが、そこでいつも思うことは、日本女性の社会進出の遅れだった。史上二人目の女性事務次官も登場したが、それも一省に限られた人事である。かと言って「女性の社会進出が日本に明るい将来を生み出してくれるのか……」と考えた時、どうもそれは違うような気もしていた。

社会に出て働きたい女性により働きやすい環境を作ることは大事だ。しかし、今後日本という国が豊かになるためには、むしろ子供を産み、育てやすい環境を作ることの方が優先されるような気もする。

「将来ジリ貧になっていく国家のために命を懸ける気持ちには誰もなれないのではないかしら」

「今の若者たちが厭世的になり、向学心や世界進出を望まないのも、日本という国家の将来に希望が持てないからだと思う」

冴子はしばし心の内でつぶやきながら、恵まれすぎた国を離れ、中国という極めて特殊な国家を調べ、そして最後に大陸アフリカを観て歩くうちに「グローバリズム」という言葉を懐かしく感じるようになっていた。

地球上を一つの共同体とみなし、世界の一体化を進める思想が東西問題の消滅により、アメリカ一国による世界の画一化と同一視される時代である。「グローバリズムはアメリカ帝国主義およびアメリカニゼーション」と揶揄《やゆ》する言葉も広がった。

そして近年、ロシア、中国やインドの急速な台頭で世界は多極化し、再び世界のブロック経済化が進んでいく可能性が高まっている。

「アメリカが風邪をひけば世界に伝染する」

しかし、日本はアメリカの国防に守られ、支えられていることには変わりない。

「エージェントは常に国家の利益を再優先する」

諜報に生きる者の基本理念であるが、冴子たちは日本国の存亡を考えなければならない時期に来ているのだ。

「私たちが考えなければならないことなのか、政治家が考えるべきことなのか」

「目先の事象にとらわれていては、いくら破壊工作を進めても意味がないわ」

冴子は百年の計をもって臨んでいる中国のしたたかさを感じざるを得なかった。

「日本はお人好しなんだよ。どうして国連なんかにあんなに金を払わなきゃならないんだ。そんな金があったら、自国の借金を返済したほうがいいだろう」

ワレンスキーは時折鋭く日本批判をした。

確かに日本の国連に対する分担金はアメリカに次いで第二位である。アメリカが二〇パーセント、日本は一〇パーセントにのぼる。それに比べて安保理で拒否権を持つ常任理事国の中国は五パーセント。ロシアに至ってはイタリア、スペインよりも少ない二パーセントにすぎないのだ。

「国連なんかに金をつぎ込んだって、誰も感謝なんかしてくれない。日本は国連を美化しすぎるんだ。あそこほど金の流れがはっきりしない組織はないんだよ。だいたい、分担金にしてもアメリカは約三〇パーセント、中国は約六五パーセント、事務総長を出している韓国はなんと約八五パーセントを滞納し続けている。日本は目を醒ました方がいい。スイスが国連に加盟したのはわずか十五年足らず前だけどな」

国連ジュネーヴ事務局はスイス・ジュネーヴにある国際連合の事務所で、ニューヨークの国連本部に次いで二番目に大きい事務所である。一九四五年の国連成立当時、スイスは加盟を希望したが連合国は中立という考えを嫌ったため、翌年スイスは、国連に参加しない旨の書簡を国連総会議長宛に送付していた。

冴子は自分の考えを諜報課課長の押小路にレポートとして送った。

諜報課では通常の報告は直属の筆頭上司である支局長に対して行うが、ミッション以外の研究レポートは直接トップに上げることが義務付けられていた。

「まだまだ積み残しがあるね」

青島のホテルラウンジでワインを飲みながら土田はため息まじりに冴子に言った。

「そうね、アフリカではモザンビークの天然ガスなど、豊富な資源も狙われているし、中国国内では最も大事な環境問題である大気汚染対策があるわね」

「環境問題はこれからの中国では喫緊の課題になるよ」

「これからの対中国ビジネスに関しては大気汚染対策が最も重大だと思うけど、知的財産権の保護については日本の民間企業にしっかりとした指導が必要だわ。もう一つ中国で気になるのは、イスラム過激派のテロのターゲットになってしまう可能性があることかな」

「テロ？」

「中国がウイグル族に対して行っているあらゆる圧力は、そのままイスラムに対する攻撃とみなされる可能性があるということ。日本でかつてイスラム教を『回教』と呼んでいたのは、ウイグル族を『回鶻《かいこつ》』と呼んでいたことが語源でしょ」

「さすが冴子さん、教養がありますね。イスラム過激派となると中国にとっては新たな敵ができたという感じだね。それに加えて大気汚染対策関連のプラント情報入手の中継地として、中国がモンゴルを利用しようとしている。この動きに注意しなければならないと思う」

「モンゴルはお相撲《すもう》の世界では交流がさかんだけど、国家としてはどこまで信用できるかわからないわよね」

「そうなんです。朝鮮総連ビル買収問題にも元横綱が関わっていただろう。モンゴルとはちゃんとしたパイプが必要なんだけれど、どうも日本企業はモンゴルに甘いところがある。モンゴルの大気汚染対策に国家として投資する約束をしてしまったもんな」

「そこを中国が狙っているというわけね。企業だけでなく、個人の投資家への金やゲルマニウムなどの採掘権問題の詐欺事案もモンゴルでは頻発しているみたいね」

「今のモンゴルは裏で北朝鮮や中国と手を握っていますから」

「裏だけじゃなくて、最近は堂々とやっているわよ」

冴子があっさりと言うと土田はため息をついた。

「ところで冴子さん。ロシア人にハニートラップをかけたの」

冴子は土田を睨む。

「使える相手を見つけた時は大事に慎重に動くわ」

「それは当たり前のことでしょう。僕が言っているのは……本当に」

冴子は土田の言葉を遮った。

「ハニートラップというのは、何も身体を使うことだけじゃないのよ。相手方がそれを望んでいることはわかっているわけだから、こちらはその気持ちをくんで楽しく遊んであげればいいのよ」

「遊ぶ……って」

土田は身体を乗り出して訊ねた。

「まず、女王様になりきること。そして相手がそれを怖がっているようなら、今度はお姫様になればいい。つまりカメレオンのように常に相手に合わせ、自分を変えて適応させるの」

「深い言葉だねえ」

「親からいただいた大事な身体をそうそう簡単には使わないわよ。この国が自分の命を捧げてもいいと思える国家にならない限りね」

冴子の視線が遠くに注がれていた。土田はその澄んだ瞳を見つめた。

エピローグ

多くの観光客と一緒に改札口を出た。

駅前の石畳の広場には二頭立ての馬車と細長いワンボックスタイプの電気自動車が合わせて五、六台並んでいる。

冴子はホテルの掲示板の下に設置されている受話器を取り上げた。この街にあるほとんどのホテルと直通でつながる電話だ。

「ハイ、ウォルター。お久しぶり。駅まで迎えに来て」

「冴子、お帰り。すぐに行くよ」

電話の向こうで嬉々とした声が響いた。冴子は受話器を元に戻すとゆっくりと石畳を歩き始めた。澄んだ空気、抜けるような青空。冴子にとって何もかもを忘れさせてくれる場所だった。

　十五分ほどして、青い電気自動車が姿をみせた。運転席からウォルターが満面の笑みをみせながら手を振っている。冴子の前に車を着けるとウォルターは両手を大きく開いてハグの準備をしながら降りてきた。

「冴子よく来てくれた」

　ウォルターは笑顔のまま、長身の冴子を広く厚い胸に包み込んだ。

「いつまでここに居られるんだ」

「一週間かな」

　二つのＲＩＭＯＷＡのアルミ製キャリーバッグに目をやりながら、ウォルターは冴子に言った。

「以前は必ずスコットランド製のハイランドカーフのボストンバッグだったのに、すっかりビジネスウーマンになってしまったみたいだな」

「手に持つよりも引っ張った方が楽なのよ。おまけに雨にも強いしね。それよりもシャトルが新しくなったんじゃない」

「新車だよ」

バッグをシャトルと呼ばれる電気自動車の後部に積んで、助手席の扉を開けて冴子をエスコートするとウォルターは得意気に運転席に乗ってアクセルを踏んだ。

車は音もなく走りはじめると、一見木造に見える五、六階建ての建物が並ぶメインストリートを右折した。左右の建物の一階ではどこも土産物を売っており、上層階は全て客室というホテルだ。百メートルほどのメインストリートを抜けると右手に教会があり、そこからゆっくりした山道に入る。緑色を帯びて白濁した水が石橋の下を勢いよく流れている。石灰質を含んだ雪解け水特有の色合いだった。

細い道路脇の土手には標高の高い土地らしく、爽やかな新緑の葉の間に高山植物が可憐な白や黄色の花をつけている。シャトルはゆっくりとした速度で勾配が急になった登山道のような道を進んだ。

正面に大型ロープウェーの駅を見て大きく左に曲がると正面に見事に切り立った頂《いただき》が現れた。

「帰ってきたわ……」

うっとりとした口調で冴子が呟いた。

「何十年間、毎日見ていてもこの景色はため息が出るよ」

ウォルターが誇らしげに言った。

十九世紀半ばまで世界に知られていなかった名峰がそこにあった。冴子はその頂を食い入るように眺める。

「マッターホルンは本当に美しい」

「ここで暮らしたいだろう」

「そうね。一週間くらいなら、そう思い続けられるわね」

冴子は笑った。

「世界に誇れる街さ」

「わかってる」

冴子はようやくマッターホルンから視線を外して周囲に目をやった。

「変わらない。昔のまま。少しホテルが増えたのかな」

「五、六軒増えたかな」

四千メートル級の山に取り巻かれるようにツェルマットの街は存在している。大気汚染を防ぐため、救急車などの特殊車両を除いて、町の全域で内燃機関を搭載した自動車の乗り入れは禁止されている。

「それにしてもいい空気」

「いい空気を吸うと美味いものが食べたくなるだろう」

ウォルターは冴子の食通ぶりをよく知っていた。

「今日はチーズとワインだけでいいわ」

冴子は微笑んだ。

「フォンデュの用意はいつでも出来るよ」

「ありがとう」

スイスでフォンデュといえばチーズフォンデュが主流だ。パンにチーズを絡めて食べる。最近は中国スタイルを取り入れたオイルフォンデュの「シノワーズ」の人気も増しているが、こちらは肉や野菜を使うため食事の主菜にもなっている。

約二十分でホテルに着いた。小さなホテルだが、どの部屋からもマッターホルンの偉容を眺めることができる。

「いつもの部屋が空いている」

「そう。素敵」

このホテルは冴子の両親が新婚旅行の時に使ったホテルだった。このため、彼女が中学生の頃からツェルマットを訪れる際には常宿になっていた。

冴子のお気に入りの部屋の、ウッドデッキにあるチェアーに座ると正面にマッターホルンが見える。

部屋に案内されると冴子は真っ先に外へ出た。

「この景色を見るために仕事をしてるんだ」

「そんなに大変な仕事なのかい」

「仕事はみんな大変でしょう。だから報酬を貰えるんだから」

「久しぶりに見る冴子の目には鋭さが宿ったような気がする」

「そう？」

「冴子はよくしなる弓のように美しい。しなやかで、張りがあって」

ウォルターはケンブリッジ大学を首席で卒業した秀才である。スイスの政府機関に十年間勤務した後、親の仕事を継いでいた。

「逞《たくま》しくなったということかしら」

「ああ。そうだな、映画で観るエージェントって感じかな」

思わず冴子は咳き込んだ。

「大丈夫か、急に」

「いいえ、あまりに空気がきれいで。ここに来る前は百メートル先がスモッグで見えないような恐ろしい地域にいたから、肺がびっくりしちゃったみたい」

「中国かインドにでもいたのかい」

冴子はやわらかな笑みを浮かべた。

「似たようなところ」

ウォルターには何もかも見透かされそうで、これ以上話すのを躊躇《ためら》いそうになるが、彼はただ冴子の身体を心配してくれているだけだろう。

「ゆっくり、いい空気を味わってくれよ。着替えが終わった頃を見計らってワインを持ってくるから」

「ありがとう」

部屋の何もかもが懐かしく感じる。

冴子が中学生の時にいたずらで付けた傷がウッドデッキの手すりの裏にまだ残っている。

「あの頃、こんな仕事をするとは思っていなかったな」

着替えることも忘れてチェアーに寝そべっていると、ウォルターが白ワインとグラスを二つ持ってテラスに現れた。

「ずっとここへ？」

「この景色と空気に包まれていたかったの」

「こっちもきっと美味いよ」

「嬉しいわ」

ウォルターが持ってきたのは、冴子が好きなピュリニー・モンラッシェ・ドメーヌ・ルフレーヴの一九八九年だった。

「高価なワインね」

「再会のお祝いだ」

ウォルターがソムリエナイフを使ってカバーを外し、コルクを抜いた。

「お嬢様、テイスティングは」

「あなたにお願いするわ」

ウォルターがブルゴーニュ用グラスに少しだけ注いでワインを確かめると、輝くような笑顔を見せた。やや黄色みをたたえたモンラッシェ独特の色合いに、香《かぐわ》しい香りが二十年以上の眠りから覚めたように湧き上がった。

グラスをお互いに捧げ、ワインを口に含んだ。

「あぁ、幸せ」

心の底から出た言葉だった。

「このワインにふさわしい女性になったと思うよ」

冴子は真っ直ぐウォルターを見た。

「この山が好きな女性は能動的な性格だ。アイガーのような拒絶感はないが、かと言って富士山のような安らぎを与えてくれるものではない。むしろ形どおり尖鋭的かも知れない。しかし、そこに得も言われぬ研ぎ澄まされた落ち着きがある。このワインのようにね」

冴子はマッターホルンにもう一度目を向けて、静かにワイングラスを傾けた。

「この尖った山が好き。やっぱり私にはマッターホルンが似合っているのかな」

神の息吹を思わせる清い風が、冴子の髪をふっと持ち上げた。

本書は文庫書下ろしです。

この作品は完全なるフィクションであり、
登場する人物や団体名などは、
実在のものといっさい関係ありません。

|著者| 濱 嘉之　1957年、福岡県生まれ。中央大学法学部法律学科卒業後、警視庁入庁。警備部警備第一課、公安部公安総務課、警察庁警備局警備企画課、内閣官房内閣情報調査室、再び公安部公安総務課を経て、生活安全部少年事件課に勤務。警視総監賞、警察庁警備局長賞など受賞多数。2004年、警視庁警視で辞職。衆議院議員政策担当秘書を経て、2007年『警視庁情報官』で作家デビュー。他の著作に『警視庁情報官　ハニートラップ』『警視庁情報官　トリックスター』『警視庁情報官　ブラックドナー』『警視庁情報官　サイバージハード』『鬼手　世田谷駐在刑事・小林健』『電子の標的』『列島融解』『オメガ　警察庁諜報課』などがある。現在は、危機管理コンサルティングに従事するかたわら、TVや紙誌などでコメンテーターとしても活躍している。

オメガ　対中工作《たいちゅうこうさく》

濱《はま》 嘉之《よしゆき》

講談社文庫

定価はカバーに
表示してあります

2014年11月14日第1刷発行

発行者――鈴木　哲
発行所――株式会社　講談社
東京都文京区音羽2-12-21　〒112-8001
電話 出版部 (03) 5395-3510
　　 販売部 (03) 5395-5817
　　 業務部 (03) 5395-3615

デザイン―菊地信義
本文データ制作―講談社デジタル製作部
印刷―――凸版印刷株式会社
製本―――株式会社大進堂

Printed in Japan

ISBN978-4-06-277903-6

講談社文庫刊行の辞

二十一世紀の到来を目睫に望みながら、われわれはいま、人類史上かつて例を見ない巨大な転換期をむかえようとしている。

世界も、日本も、激動の予兆に対する期待とおののきを内に蔵して、未知の時代に歩み入ろうとしている。このときにあたり、創業の人野間清治の「ナショナル・エデュケイター」への志を現代に甦らせようと意図して、われわれはここに古今の文芸作品はいうまでもなく、ひろく人文・社会・自然の諸科学から東西の名著を網羅する、新しい綜合文庫の発刊を決意した。

激動の転換期はまた断絶の時代である。われわれは戦後二十五年間の出版文化のありかたへの深い反省をこめて、この断絶の時代にあえて人間的な持続を求めようとする。いたずらに浮薄な商業主義のあだ花を追い求めることなく、長期にわたって良書に生命をあたえようとつとめるところにしか、今後の出版文化の真の繁栄はあり得ないと信じるからである。

同時にわれわれはこの綜合文庫の刊行を通じて、人文・社会・自然の諸科学が、結局人間の学にほかならないことを立証しようと願っている。かつて知識とは、「汝自身を知る」ことにつきていた。現代社会の瑣末な情報の氾濫のなかから、力強い知識の源泉を掘り起し、技術文明のただなかに、生きた人間の姿を復活させること。それこそわれわれの切なる希求である。

われわれは権威に盲従せず、俗流に媚びることなく、渾然一体となって日本の「草の根」をかたちづくる若く新しい世代の人々に、心をこめてこの新しい綜合文庫をおくり届けたい。それは知識の泉であるとともに感受性のふるさとであり、もっとも有機的に組織され、社会に開かれた万人のための大学をめざしている。大方の支援と協力を衷心より切望してやまない。

一九七一年七月

野間省一

講談社文芸文庫

川崎長太郎

泡／裸木

川崎長太郎花街小説集

解説＝齋藤秀昭　年譜＝齋藤秀昭

小田原の花街・宮小路を舞台に、映画監督・小津安二郎と三文文士・長太郎が、ひとりの芸者を巡り対峙する。〈小津もの〉と称される作品群の中から戦前・戦中作等、名篇を精選。

978-4-06-290249-6　かN5

講談社文芸文庫編

妻を失う

離別作品集

選・解説＝富岡幸一郎

妻を失った夫の深い悲しみを、男性作家たちの筆で描く文学の極致。高村光太郎・有島武郎・葉山嘉樹・横光利一・原民喜・清岡卓行・三浦哲郎・藤枝静男・江藤淳。

978-4-06-290248-9　こJ36

塚本邦雄

秀吟百趣

解説＝島内景二

漱石、白秋、晶子、茂吉、子規、蛇笏、放哉から寺山修司、金子兜太、岡井隆まで。天才歌人が「今朗誦すべき」短歌・俳句を厳選、批評・解釈を施した秀逸な詞華集。

978-4-06-290250-2　つE6

畑村洋太郎　みる　わかる　伝える
遙　洋子　結婚しません。
遙　洋子　いいとこどりの女
花井愛子　ときめきイチゴ時代〈ティーンズハートの1987〜1997〉
はやみねかおる　そして五人がいなくなる〈名探偵夢水清志郎事件ノート〉
はやみねかおる　亡霊《ゴースト》は夜歩く〈名探偵夢水清志郎事件ノート〉
はやみねかおる　消える総生島〈名探偵夢水清志郎事件ノート〉
はやみねかおる　魔女の隠れ里〈名探偵夢水清志郎事件ノート〉
はやみねかおる　踊る夜光怪人〈名探偵夢水清志郎事件ノート〉
はやみねかおる　機巧館《からくりやかた》のかぞえ唄〈名探偵夢水清志郎事件ノート〉
はやみねかおる　ギヤマン壺の謎〈名探偵夢水清志郎事件ノート外伝〉
はやみねかおる　徳利長屋の怪〈名探偵夢水清志郎事件ノート外伝〉
はやみねかおる　都会《まち》のトム＆ソーヤ(1)
はやみねかおる　都会《まち》のトム＆ソーヤ(2)〈乱！　RUN！　ラン！〉
はやみねかおる　都会《まち》のトム＆ソーヤ(3)〈いつになったら作戦《ミッション》終了？〉
はやみねかおる　都会《まち》のトム＆ソーヤ(4)〈四重奏《カルテット》〉
はやみねかおる　都会《まち》のトム＆ソーヤ(5)〈IN《イン》塀戸《VADE》〉(上)(下)
勇嶺《はやみね》　薫《かおる》　赤い夢の迷宮
橋口いくよ　アロハ萌え

橋口いくよ　猛烈に！　アロハ萌え
橋口いくよ　おひとりさまで！　アロハ萌え〈MAHALO HAWAII〉
服部真澄　清談　佛々堂先生
服部真澄　極楽行き〈清談　佛々堂先生〉
服部真澄　天の方舟《はこぶね》(上)(下)
半藤一利　昭和天皇ご自身による「天皇論」
秦　建日子　チェケラッチョ!!
秦　建日子　SOKKI！〈人生には役に立たない特技〉
秦　建日子　インシデント〈悪女たちのメス〉
端田　晶　もっと美味しくビールが飲みたい！〈酒と酒場の耳学問〉
端田　晶　とりあえず、ビール！〈続・酒と酒場の耳学問〉
早瀬詠一郎　早烏《さがらす》〈裏十手からくり草紙〉
早瀬詠一郎　つげの箸〈裏十手からくり草紙〉
早瀬詠一郎　平手造《み》酒《き》
早瀬　乱　三年坂　火の夢
早瀬　乱　レイニー・パークの音
初野　晴　1／2の騎士
初野　晴　トワイライト博物館《ミュージアム》
初野　晴　向こう側の遊園

原　武史　滝山コミューン一九七四
原　武史　沿線風景
濱　嘉之　警視庁情報官〈シークレット・オフィサー〉
濱　嘉之　警視庁情報官　ハニートラップ
濱　嘉之　警視庁情報官　トリックスター
濱　嘉之　警視庁情報官　ブラックドナー
濱　嘉之　警視庁情報官　サイバージハード
濱　嘉之　鬼《き》手《しゅ》〈世田谷駐在刑事・小林健〉
濱　嘉之　電子の標的〈警視庁特別捜査官・藤江康央〉
濱　嘉之　列島融解
濱　嘉之　オメガ　警察庁諜報課
橋本　紡　彩乃ちゃんのお告げ
馳　星周　やつらを高く吊せ
早見　俊　双子同心捕物競い
早見　俊　右近の鯔背《いなせ》銀杏《いちょう》〈双子同心捕物競い(二)〉
早見　俊　同心の鑑《かがみ》〈双子同心捕物競い(三)〉
早見　俊　上方与力江戸暦
畠中　恵　アイスクリン強し
畠中　恵　若様組まいる

講談社文庫　目録

はるな愛　素晴らしき、この人生
葉室　麟　風　渡　る
葉室　麟　風の軍師〈黒田官兵衛〉
葉室　麟　星　火　瞬　く
長谷川　卓　嶽《がく》神《じん》〈上・白銀《しろがね》渡り〉〈下・湖底の黄金〉
長谷川　卓　嶽神伝《がくじんでん》　無坂《むさか》(上)(下)
HABU　誰の上にも青空はある
幡　大介　猫間地獄のわらべ歌
幡　大介　股旅探偵　上州呪い村
原田マハ　夏を喪くす
原田マハ　風のマジム
羽田圭介「ワタクシハ」
原田ひ香　アイビー・ハウス
原田ひ香　人生オークション
花房観音　女　坂
平岩弓枝　花　嫁　の　日
平岩弓枝　結婚の四季
平岩弓枝　わたしは椿姫
平岩弓枝　花　祭
平岩弓枝　青　の　伝　説
平岩弓枝　青の回帰(上)(下)
平岩弓枝　青　の　背　信
平岩弓枝　五人女捕物くらべ(上)(下)
平岩弓枝　はやぶさ新八御用帳(一)〈大奥の恋人〉
平岩弓枝　はやぶさ新八御用帳(二)〈江戸の海賊〉
平岩弓枝　はやぶさ新八御用帳(三)〈又右衛門の女房〉
平岩弓枝　はやぶさ新八御用帳(四)〈鬼勘の娘〉
平岩弓枝　はやぶさ新八御用帳(五)〈御守殿おたき〉
平岩弓枝　はやぶさ新八御用帳(六)〈春月の雛〉
平岩弓枝　はやぶさ新八御用帳(七)〈寒椿の寺〉
平岩弓枝　はやぶさ新八御用帳(八)〈春怨　根津権現〉
平岩弓枝　はやぶさ新八御用帳(九)〈王子稲荷の女〉
平岩弓枝　はやぶさ新八御用帳(十)〈幽霊屋敷の女〉
平岩弓枝　はやぶさ新八御用旅(一)〈東海道五十三次〉
平岩弓枝　はやぶさ新八御用旅(二)〈中仙道六十九次〉
平岩弓枝　はやぶさ新八御用旅(三)〈日光例幣使道の殺人〉
平岩弓枝　はやぶさ新八御用旅(四)〈北前船の事件〉
平岩弓枝　はやぶさ新八御用旅(五)〈諏訪の妖狐〉
平岩弓枝　新装版　おんなみち(上)(中)(下)
平岩弓枝　極楽とんぼの飛んだ道〈私の半生、私の小説〉
平岩弓枝　ものは言いよう
平岩弓枝　老いること暮らすこと
平岩弓枝　なかなかいい生き方
平岡正明　志ん生的、文楽的
東野圭吾　放　課　後
東野圭吾　卒　業〈雪月花殺人ゲーム〉
東野圭吾　学生街の殺人
東野圭吾　魔　球
東野圭吾　十字屋敷のピエロ
東野圭吾　眠　り　の　森
東野圭吾　宿　命
東野圭吾　変　身
東野圭吾　仮面山荘殺人事件
東野圭吾　天　使　の　耳
東野圭吾　ある閉ざされた雪の山荘で
東野圭吾　同　級　生
東野圭吾　名探偵の呪縛

東野圭吾　むかし僕が死んだ家
東野圭吾　虹を操る少年
東野圭吾　パラレルワールド・ラブストーリー
東野圭吾　天空の蜂
東野圭吾　どちらかが彼女を殺した
東野圭吾　名探偵の掟
東野圭吾　悪意
東野圭吾　私が彼を殺した
東野圭吾　嘘をもうひとつだけ
東野圭吾　時生
東野圭吾　赤い指
東野圭吾　流星の絆
東野圭吾　新装版 浪花少年探偵団
東野圭吾　新装版 しのぶセンセにサヨナラ
東野圭吾　新参者
東野圭吾　麒麟の翼
東野圭吾　パラドックス13
東野圭吾作家生活25周年祭り実行委員会　東野圭吾公式ガイド〈読者1万人が選んだ東野作品人気ランキング発表〉
広田靚子　イギリス花の庭
姫野カオルコ　ああ、懐かしの少女漫画
姫野カオルコ　ああ、禁煙 VS. 喫煙
日比野 宏　アジア亜細亜 無限回廊
日比野 宏　アジア亜細亜 夢のあとさき
日比野 宏　夢街道アジア
平山壽三郎　明治おんな橋
平山壽三郎　明治ちぎれ雲
火坂雅志　美食探偵
火坂雅志　骨董屋征次郎手控
火坂雅志　骨董屋征次郎京暦
平野啓一郎　高瀬川
平野啓一郎　ドーン
平山 譲　ありがとう
平山 譲　片翼チャンピオン
平田俊子　ピアノ・サンド
ひこ・田中　新装版 お引越し
平岩正樹　がんで死ぬのはもったいない
百田尚樹　永遠の0《ゼロ》
百田尚樹　輝く夜
百田尚樹　風の中のマリア
百田尚樹　影法師
百田尚樹　ボックス！(上)(下)
百田尚樹　海賊とよばれた男(上)(下)
ヒキタクニオ　東京ボイス
ヒキタクニオ　カワイイ地獄
平田オリザ　十六歳のオリザの冒険をしるす本
ビッグイシュー 枝元なほみ　世界一あたたかい人生相談
久生十蘭　久生十蘭「従軍日記」
東 直子　さようなら窓
東 直子　らいほうさんの場所
平敷安常　キャパになれなかったカメラマン(上)(下)〈ベトナム戦争の語り部たち〉
樋口明雄　ミッドナイト・ラン！
平谷美樹　藪の奥〈眠る義経秘宝〉
平谷美樹　居留地同心・凌之介秘帳 小倫敦の幽霊
蛭田亜紗子　人肌ショコラリキュール
藤沢周平　義民が駆ける
藤沢周平　新装版 春秋の檻〈獄医立花登手控え㈠〉
藤沢周平　新装版 風雪の檻〈獄医立花登手控え㈡〉

藤沢周平 新装版 愛憎の檻〈獄医立花登手控え(三)〉
藤沢周平 新装版 人間の檻〈獄医立花登手控え(四)〉
藤沢周平 新装版 闇の歯車
藤沢周平 新装版 市塵(上)(下)
藤沢周平 新装版 決闘の辻
藤沢周平 新装版 雪明かり
古井由吉 野川
福永令三 クレヨン王国の十二か月
船戸与一 山猫の夏
船戸与一 神話の果て
船戸与一 伝説なき地
船戸与一 血と夢
船戸与一 蝶舞う館
船戸与一 夜来香《イエライシャン》海峡
深谷忠記 黙秘
藤田宜永 樹下の想い
藤田宜永 艶《つや》めき
藤田宜永 異端の夏
藤田宜永 流砂
藤田宜永 子宮の記憶〈ここにあなたがいる〉
藤田宜永 乱調
藤田宜永 壁画修復師
藤田宜永 前夜のものがたり
藤田宜永 戦力外通告
藤田宜永 いつかは恋を
藤田宜永 喜の行列 悲の行列(上)(下)
藤田宜永 老猿
藤川桂介 シギラの月
藤水名子 赤壁の宴
藤水名子 紅嵐記(上)(中)(下)
藤原伊織 テロリストのパラソル
藤原伊織 ひまわりの祝祭
藤原伊織 雪が降る
藤原伊織 蚊トンボ白鬚の冒険(上)(下)
藤原伊織 遊戯
藤田紘一郎 笑うカイチュウ
藤田紘一郎 体にいい寄生虫〈ダイエットから花粉症まで〉
藤田紘一郎 踊る腹のムシ〈グルメブームの落とし穴〉
藤田紘一郎 ウッふん
藤田紘一郎 イヌからネコから伝染《うつ》るんです。
藤田紘一郎 医療大崩壊
藤本ひとみ 聖ヨゼフの惨劇
藤本ひとみ 新・三銃士 少年編・青年編〈ダルタニャンとミラディ〉
藤本ひとみ シャネル
藤本ひとみ 皇妃エリザベート
藤野千夜 少年と少女のポルカ
藤野千夜 夏の約束
藤野千夜 彼女の部屋
藤沢周 紫の領分
藤木美奈子 ストーカー・夏美
藤木美奈子 傷つけ合う家族〈ドメスティック・バイオレンスを乗り越えて〉
福井晴敏 Twelve《トゥエルブ》 Y.O.《ワイオー》
福井晴敏 亡国のイージス(上)(下)
福井晴敏 川の深さは
福井晴敏 終戦のローレライ I~IV
福井晴敏 6ステイン
福井晴敏 平成関東大震災〈いつか来るとは知っていたが今日来るとは思わなかった〉

福井晴敏　人類資金1～6
福井晴敏作／霜月かよ子画　C-blossom《シーブロッサム》〈Case《ケース》729〉
藤原緋沙子　遠花火〈見届け人秋月伊織事件帖〉
藤原緋沙子　春《はる》疾風《はやて》〈見届け人秋月伊織事件帖〉
藤原緋沙子　暖《ぬく》め鳥《どり》〈見届け人秋月伊織事件帖〉
藤原緋沙子　霧の路《みち》〈見届け人秋月伊織事件帖〉
藤原緋沙子　鳴《なる》子《こ》守《もり》〈見届け人秋月伊織事件帖〉
藤原緋沙子　夏ほたる〈見届け人秋月伊織事件帖〉
福島章　精神鑑定　脳から心を読む
椹《ふし》野《の》道流　暁天の星〈鬼籍通覧〉
椹野道流　無明の闇〈鬼籍通覧〉
椹野道流　壺《こ》中《ちゅう》の天〈鬼籍通覧〉
椹野道流　隻《せき》手《しゅ》の声〈鬼籍通覧〉
椹野道流　禅定の弓〈鬼籍通覧〉
古川日出男　ルート3《サン》5《ゴー》0《マル》
福田和也　悪女の美食術
藤田香織　ホンのお楽しみ
深水黎一郎　エコール・ド・パリ殺人事件〈レザルティスト・モウディ〉
深水黎一郎　トスカの接吻〈オペラ・ミステリオーザ〉

深水黎一郎　ジークフリートの剣《つるぎ》
深見真　猟犬〈特殊犯捜査・呉内冴絵〉
深見真　硝煙の向こう側に彼女〈武装強行犯捜査・塚田志士子〉
藤谷治　遠い響き
深町秋生　ダウン・バイ・ロー
冬木亮子　書けそうで書けない英単語〈Let's enjoy spelling!〉
辺見庸　永遠の不服従のために
辺見庸　いま、抗暴のときに
辺見庸　抵抗論
星新一　エヌ氏の遊園地
星新一編　ショートショートの広場①～⑨
本田靖春　不当逮捕
堀江邦夫　原発労働記
保阪正康　昭和史七つの謎
保阪正康　昭和史忘れ得ぬ証言者たち
保阪正康　昭和史七つの謎Part2
保阪正康　あの戦争から何を学ぶのか
保阪正康　政治家と回想録〈読み直し語りつぐ戦後史〉
保阪正康　昭和の空白を読み解く〈昭和史忘れ得ぬ証言者たちPart2〉

保阪正康　「昭和」とは何だったのか
保阪正康　大本営発表という権力
保阪正康　天皇〈「君主」の父、「民主」の子〉
堀和久　江戸風流女ばなし
堀田力　少年魂
星野知子　食べるが勝ち！
北海道新聞取材班　追及・北海道警「裏金」疑惑
北海道新聞取材班　日本警察と裏金〈底なしの腐敗〉
北海道新聞取材班　実録・老舗百貨店凋落〈流通業界再編の光と影〉
北海道新聞取材班　追跡・「夕張」問題〈財政破綻と再起への苦闘〉
堀井憲一郎　『巨人の星』に必要なことはすべて人生から学んだ。あ。逆だ。
堀江敏幸　熊の敷石
堀江敏幸　子午線を求めて
本格ミステリ作家クラブ編　紅い悪夢の夏〈本格短編ベスト・セレクション〉
本格ミステリ作家クラブ編　透明な貴婦人の謎〈本格短編ベスト・セレクション〉
本格ミステリ作家クラブ編　天使と髑髏の密室〈本格短編ベスト・セレクション〉
本格ミステリ作家クラブ編　死神と雷鳴の暗号〈本格短編ベスト・セレクション〉
本格ミステリ作家クラブ編　論理学園事件帳〈本格短編ベスト・セレクション〉
本格ミステリ作家クラブ編　深夜バス78回転の問題〈本格短編ベスト・セレクション〉

講談社文庫　目録

本格ミステリ作家クラブ編　大きな棺の小さな鍵〈本格短編ベスト・セレクション〉
本格ミステリ作家クラブ編　珍しい物語のつくり方〈本格短編ベスト・セレクション〉
本格ミステリ作家クラブ編　法廷ジャックの心理学〈本格短編ベスト・セレクション〉
本格ミステリ作家クラブ編　見えない殺人カード〈本格短編ベスト・セレクション〉
本格ミステリ作家クラブ編　空飛ぶモルグ街の研究〈本格短編ベスト・セレクション〉
本格ミステリ作家クラブ編　凍れる女神の秘密〈本格短編ベスト・セレクション〉
星野智幸　毒身
星野智幸　われら猫の子
本田靖春　我、拗ね者として生涯を閉ず(上)(下)
本田透　電波男
本城英明　警察庁広域特捜官　梶山俊介〈広島・尾道「刑事《デカ》殺し」〉
堀田純司　スゴい雑誌〈「業界誌」の底知れない魅力〉
本多孝好　チェーン・ポイズン
穂村弘　整形前夜
堀川アサコ　幻想郵便局
堀川アサコ　幻想映画館
堀川アサコ　幻想日記店
松本清張　草の陰刻
松本清張　黄色い風土

松本清張　黒い樹海
松本清張　連環
松本清張　花氷
松本清張　遠くからの声
松本清張　ガラスの城
松本清張　殺人行おくのほそ道(上)(下)
松本清張　塗られた本
松本清張　熱い絹(上)(下)
松本清張　邪馬台国　清張通史①
松本清張　空白の世紀　清張通史②
松本清張　カミと青銅の迷路　清張通史③
松本清張　天皇と豪族　清張通史④
松本清張　壬申の乱　清張通史⑤
松本清張　古代の終焉　清張通史⑥
松本清張　新装版大奥婦女記
松本清張　新装版増上寺刃傷
松本清張　新装版　彩色江戸切絵図
松本清張　新装版　紅刷り江戸噂
松本清張他　日本史七つの謎

松谷みよ子　ちいさいモモちゃん
松谷みよ子　モモちゃんとアカネちゃん
松谷みよ子　アカネちゃんの涙の海
眉村卓　ねらわれた学園
眉村卓　なぞの転校生
丸谷才一　恋と女の日本文学
丸谷才一　闊歩する漱石
丸谷才一　輝く日の宮
丸谷才一　人間的なアルファベット
麻耶雄嵩　翼ある闇〈メルカトル鮎最後の事件〉
麻耶雄嵩　夏と冬の奏鳴曲《ソナタ》
麻耶雄嵩　木製の王子
麻耶雄嵩　メルカトルかく語りき
松浪和夫　摘出
松浪和夫　非常線
松浪和夫　核の柩
松浪和夫　警官魂〈激震篇〉〈反撃篇〉
松井今朝子　仲蔵狂乱
松井今朝子　奴《やっこ》の小万《こまん》と呼ばれた女

松井今朝子　似《に》せ者《もん》
松井今朝子　そろそろ旅に
松井今朝子　星と輝き花と咲き
町田　康　へらへらぼっちゃん
町田　康　つるつるの壺
町田　康　耳そぎ饅頭
町田　康　権現の踊り子
町田　康　浄土
町田　康　猫にかまけて
町田　康　真実真正日記
町田　康　宿屋めぐり
町田　康　猫のあしあと
町田　康　人間小唄
町田　康　スピンク日記
町田　康　猫とあほんだら
舞城王太郎　煙か土か食い物〈Smoke, Soil or Sacrifices〉
舞城王太郎　世界は密室でできている。〈THE WORLD IS MADE OUT OF CLOSED ROOMS〉
舞城王太郎　熊の場所
舞城王太郎　九十九十九

舞城王太郎　山ん中の獅《し》見《み》朋《とも》成《なる》雄《お》
舞城王太郎　好き好き大好き超愛してる。
舞城王太郎　NECK《ネック》
舞城王太郎　SPEEDBOY!
舞城王太郎　獣の樹
舞城王太郎　イキルキス
松尾由美　ピピネラ
松久淳・田中渉・絵　四月ばーか
松浦寿輝　花腐《くた》し
松浦寿輝　あやめ鰈ひかがみ
真山　仁　虚像の砦
真山　仁　レッドゾーン(上)(下)
真山　仁　新装版 ハゲタカ(上)(下)
真山　仁　新装版 ハゲタカII(上)(下)
毎日新聞科学環境部　理系白書〈この国を静かに支える人たち〉
毎日新聞科学環境部　「理系」という生き方〈理系白書2〉
毎日新聞科学環境部　迫るアジア どうする日本の研究者〈理系白書3〉
前川麻子　すきもの
町田　忍　昭和なつかし図鑑

松井雪子　チル☆
牧　秀彦　裂《れっ》帛《ぱく》〈五坪道場一手指南〉
牧　秀彦　凜《りん》々《りん》〈五坪道場一手指南〉
牧　秀彦　雄《ゆう》飛《ひ》〈五坪道場一手指南〉
牧　秀彦　清《せい》冽《れつ》〈五坪道場一手指南〉
牧　秀彦　美《び》剣《けん》〈五坪道場一手指南〉
牧　秀彦　無《む》我《が》〈五坪道場一手指南〉
真梨幸子　孤《こ》虫《ちゅう》症《しょう》
真梨幸子　深く深く、砂に埋めて
真梨幸子　女ともだち
真梨幸子　クロク、ヌレ！
真梨幸子　えんじ色心中
まきの・えり　ラブファイト〈聖母少女〉(上)(下)
牧野　修　黒娘 アウトサイダー・フィメール
毎日新聞夕刊編集部　女はトイレで何をしているのか？〈現代ニッポン人の生態学〉
前田司郎　愛でもない青春でもない旅立たない
間庭典子　走れば人生見えてくる
松本裕士　兄弟〈追憶のhide〉
枡野浩一　結婚失格

円居　挽　丸太町ルヴォワール
円居　挽　烏丸ルヴォワール
円居　挽　今出川ルヴォワール
松宮　宏　秘剣こいわらい
松宮　宏　くすぶり亦《また》蔵《ぞう》〈秘剣こいわらい〉
丸山天寿　琅《ろう》邪《や》の鬼
丸山天寿　琅《ろう》邪《や》の虎
町山智浩　アメリカ格差ウォーズ 99%対1%
三好　徹　政・財 腐蝕の100年
三好　徹　政・財 腐蝕の100年 大正編
三浦哲郎　曠野の妻
三浦綾子　ひつじが丘
三浦綾子　岩に立つ
三浦綾子　青い棘《とげ》
三浦綾子　イエス・キリストの生涯
三浦綾子　あのポプラの上が空
三浦綾子　小さな一歩から
三浦綾子　増補決定版 言葉の花束〈愛といのちの792章〉
三浦綾子　愛すること信ずること
三浦光世 三浦綾子　愛に遠くあれど〈夫と妻の対話〉
三浦明博　死《し》水《すい》
三浦明博　サーカス市場
三浦明博　感染広告
宮尾登美子　東福門院和子《まさこ》の涙
宮尾登美子　新装版天璋院篤姫(上)(下)
宮尾登美子　新装版 一絃の琴
皆川博子　冬の旅人(上)(下)
宮崎康平　新装版 まぼろしの邪馬台国 第1部・第2部
宮本　輝　朝の歓び(上)(下)
宮本　輝　ひとたびはポプラに臥す 1〜6
宮本　輝　骸骨ビルの庭(上)(下)
宮本　輝　新装版二十歳《はたち》の火影《ほかげ》
宮本　輝　新装版 命の器
宮本　輝　新装版 避暑地の猫
宮本　輝　新装版 ここに地終わり 海始まる(上)(下)
宮本　輝　新装版 花の降る午後(上)(下)
宮本　輝　新装版 オレンジの壺(上)(下)
宮本　輝　にぎやかな天地(上)(下)
峰　隆一郎　寝台特急「さくら」死者の罠
宮城谷昌光　俠骨記
宮城谷昌光　夏姫春秋(上)(下)
宮城谷昌光　花の歳月
宮城谷昌光　重《ちょう》耳《じ》(全三冊)
宮城谷昌光　春秋の色
宮城谷昌光　介《かい》子《し》推《すい》
宮城谷昌光　孟嘗君 全五冊
宮城谷昌光　春秋の名君
宮城谷昌光　子産(上)(下)
宮城谷昌光他　異色中国短篇傑作大全
宮城谷昌光　湖底の城〈呉越春秋〉一
宮城谷昌光　湖底の城〈呉越春秋〉二
宮城谷昌光　湖底の城〈呉越春秋〉三
水木しげる　コミック昭和史1〈関東大震災〜満州事変〉
水木しげる　コミック昭和史2〈満州事変〜日中全面戦争〉
水木しげる　コミック昭和史3〈日中全面戦争〜太平洋戦争開始〉
水木しげる　コミック昭和史4〈太平洋戦争前半〉
水木しげる　コミック昭和史5〈太平洋戦争後半〉

講談社文庫　目録

水木しげる　コミック昭和史6　〈終戦から朝鮮戦争〉
水木しげる　コミック昭和史7　〈講和から復興〉
水木しげる　コミック昭和史8　〈高度成長以降〉
水木しげる　総員玉砕せよ！
水木しげる　敗走記
水木しげる　白い旗
水木しげる　姑《クー》娘《ニャン》
水木しげる　決定版　日本妖怪大全　〈妖怪・あの世・神様〉
宮脇俊三　古代史紀行
宮脇俊三　平安鎌倉史紀行
宮脇俊三　室町戦国史紀行
宮脇俊三　徳川家康歴史紀行5000キロ
宮部みゆき　ステップファザー・ステップ
宮部みゆき　新装版　震える岩　〈霊験お初捕物控〉
宮部みゆき　新装版　天狗風　〈霊験お初捕物控〉
宮部みゆき　ICO《イコ》―霧の城―　(上)(下)
宮部みゆき　ぼんくら　(上)(下)
宮部みゆき　新装版　日暮らし　(上)(下)
宮部みゆき　おまえさん　(上)(下)
宮部みゆき　小暮写眞館　(上)(下)
宮子あずさ　看護婦が見つめた人間が死ぬということ
宮子あずさ　看護婦が見つめた人間が病むということ
宮子あずさ　ナースコール
宮本昌孝　夕立太平記
宮本昌孝　影十手活殺帖
宮本昌孝　おねだり女房　〈影十手活殺帖〉
宮本昌孝　家康、死す　(上)(下)
皆川ゆか　機動戦士ガンダム外伝　〈THE BLUE DESTINY〉
皆川ゆか　新機動戦記ガンダムW（ウイング）外伝　～右手に鎌を左手に君を～
皆川ゆか　評伝シャア・アズナブル　〈《赤い彗星》の軌跡〉
三浦明博　滅びのモノクローム
三好春樹　なぜ、男は老いに弱いのか？
見延典子　家を建てるなら
道又力　開封　高橋克彦
三津田信三　忌《い》館《かん》　〈ホラー作家の棲む家〉
三津田信三　作者不詳　〈ミステリ作家の読む本〉(上)(下)
三津田信三　蛇《じゃ》棺《かん》葬《そう》
三津田信三　百《ひゃく》蛇《じゃ》堂《どう》　〈怪談作家の語る話〉
三津田信三　厭魅《まじもの》の如き憑くもの
三津田信三　凶鳥《まがとり》の如き忌むもの
三津田信三　首無《くびなし》の如き祟るもの
三津田信三　山魔《やまんま》の如き嗤《わら》うもの
三津田信三　水魑《みづち》の如き沈むもの
三津田信三　密室《ひめむろ》の如き籠《こも》るもの
三津田信三　生霊《いきだま》の如き重《だぶ》るもの
三津田信三　スラッシャー　廃園の殺人
宮下英樹と「センゴク」取材班　センゴク合戦読本
宮下英樹と「センゴク」取材班　センゴク武将列伝
三輪太郎　あなたの正しさと、ぼくのセツナさ
三輪太郎　死という鏡　〈この30年の日本文芸を読む〉
汀《みぎわ》こるもの　パラダイス・クローズド　〈THANATOS〉
汀《みぎわ》こるもの　まごころを、君に　〈THANATOS〉
汀《みぎわ》こるもの　フォークの先、希望の後　〈THANATOS〉
宮田珠己　ふしぎ盆栽ホンノンボ
道尾秀介　カラスの親指　〈by rule of CROW's thumb〉
道尾秀介　水の柩
深木《みき》章子《あきこ》　鬼畜の家

2014年9月15日現在